KB189548

시끄러운 건
인간들뿐

일러두기

국립국어원 원칙을 적용하되, 저자와 사물의 의도가 담긴 말은 말맛을 살려 예외로 적용하였습니다.

김민지 글
최진영 그림

어느 날 사물이 말했다

시끄러운 건 인간들뿐

RHK
알에이치코리아

프롤로그

어느 날 귀갓길에 나무 한 그루를 보게 되었습니다. 제가 모르던 나무가 제가 아는 나무의 자세로 서 있었죠. 나무가 나무의 자세로 서 있었을 뿐인데, 그날부터 거리를 지날 때마다 그 나무가 눈에 한가득 들어왔습니다.

오래된 주택가 골목에서 마주친 나무는 전봇대보다 높았고, 몸을 맞대고 선 주택보다는 조금 낮았습니다. 벽에 바짝 등을 대고 키를 재는 아이처럼 서 있던 나무 뒤로 붉은 벽돌이 켜켜이 눈금을 그리며 나무 기둥과 비슷한 갈색을 맞춰 가고 있었습니다.

그렇게 며칠이 지나고 나무와 독대할 시간을 가졌습니다. 나무를 만난 후 〈한 그루의 말〉이라는 제목을 달아 난생처음 사물과 인터뷰한 내용으로 뉴스레터 한 통을 보내게 되었습니다. 그 무렵부터 제 주변에 있던 여러 사물을 찬찬히

둘러보았습니다.
자칭 '프로 다짐러'임에도 불구하고 저는 스스로 못 지키는 사소한 일들이 많고, 아직 일어나지 않은 많은 일을 걱정하는 데 기가 막힐 정도로 큰 에너지를 쏟는 사람입니다. 매사 염려가 많은 제가 점차 무성의한 삶을 지내는 데 익숙해질 무렵 지붕을 만났고 밥, 물, 거품 등 여러 사물의 순간을 함께하게 되었습니다.
언제나 최선의 상태로 존재하는 사물의 모습을 여과 없이 눈여겨보기만 해도 그 자체로 많은 힘을 받곤 합니다. 사물에 힘입어 저 스스로 일깨우고 싶어서 쓴 글을 하나둘 모아갈 쯤 출판사로부터 책으로 내보자는 연락을 받았습니다.
인간은 원체 자기 위주라 저 역시 제 위주로 이 이야기 저 이야기를 쓰고 엮기 시작했다는 기분에 휩싸여 이 책이 대체 어떻게 읽힐지 가늠할 수 없어 두려웠습니다. 다만 이 책에 담긴 이야기들이 생활을 즐겁게 받아들이는 데 쓰이면 좋겠다는 바람이 있습니다.
예능과 교양을 넘나들며 삶에 임하는 자세를 다잡도록 전방위적인 도움을 준 사물들에게 농밀한 감사함을 느낍니다. 재기발랄한 시선으로 사물을 그려 주신 최진영 작가님과 이 책의 등을 누구보다도 살뜰한 손길로 토닥여 주신 편집자님께도 정말 고맙다는 말씀 전합니다.

상대적 박탈감을 느끼기 쉬운 하루하루에도 절대적 행복이 곳곳에 숨어 있다는 걸 압니다. 하루 벌어 하루 먹고사느라 바빠 행복 찾기에 도가 트는 건 살이 트는 것보다 실로 어려운 일이라 지친 마음에 흐린 눈을 하고 지낼 때가 많지만요. 그런 오늘도 주어진 생활을 꾸려가는 데 어떤 사물의 말들이 필요할지! 이 책을 펼치신 분들과 함께 다시금 여러 사물의 순간을 따라가며 즐거운 대화를 이어가겠습니다.

만물박사 김민지 드림

차 례

만물박사 소개 ___

만물박사는 시를 씁니다. 시라니! 시라니? 갑자기 각 잡고 난해한 말을 늘어놓을 것 같아 머리가 아파 오기 시작하나요? 그 걱정 가뿐히 내려놓으셔도 됩니다.

왜냐하면 저란 사람은 MBTI에 과몰입하는 물러터진 인프피INFP일 뿐이니까요. 열정적인 중재자라 불리는 인프피답게 저는 그저 집요한 자기 성찰 능력을 발휘해 제 모든 모순을 밝히는 데 재미를 느끼는 한낱 인간이랍니다.

이런 제가 평상시 자주 쓰는 말은 "뭔가"인데요. 그도 그럴 것이 뭔가 어렴풋하게 아는 것이 많기 때문입니다. 이런 사람이 무슨 만물박사야 하실 수도 있겠죠? 저란 사람 눈치도 심각하게 많이 보는 편이라 이런 밑밥부터 깔고 있네요. 아무튼 이렇게 눈치를 보면서 글 안에서라도 조곤조곤 할 말은 다 하는 웃긴 인간입니다.

성향상 이것저것 많이 살피고 다니지만, 정작 제대로 살펴

야 할 것은 못 살필 때가 참 많은데요. 그래서 그런지 작은 일에도 긴장을 크게 해서 집에 돌아오면 오래 누워 있는 편입니다. 누군가와 한 공간에 있는 것조차 일처럼 느껴지기 때문에 대체로 혼자 있는 시간을 반기며 지냅니다.

그러나 그런 것치고 세상에 관심이 많고 좋아하는 것이 참 많습니다. 사물에 관심을 두게 된 것도 이러한 성향 때문이 아닐까 싶더라고요.

일상 속 사물들을 보면 그저 놀랍습니다. 그 자체로 확고해 보여서요. 사물처럼 뭔가 또렷한 것들이 언제나 부러웠습니다. 그래서 어느 순간부터 그들에게 말을 걸기 시작했던 것 같아요. 이따금 제 부담스러운 시선에 사물들이 먼저 말을 걸어올 때도 있었습니다.

사물과의 대화라니. 무슨 대화가 오갔나 궁금하신가요?

오늘 이 책을 펼친 여러분들께만 슬쩍 보여 드릴게요.

1장

어느 날

사물이 말했다

김치

- 만물박사
- 김치

국가나 어머님들 입장에선 한없이 야속한 이야기일 수 있으나, 저는 김치 없음 못 살 사람이 아닙니다. 정말로 맛있고 좋은 음식이라는 걸 알지만, 좁은 방에서나마 분위기를 내고 싶은 1인 가구로서 차고 넘치는 김치를 사랑하긴 참 힘듭니다. 냉장고 문을 열면 이게 제 집인지 김치 집인지 알 수 없을 정도로 깊고 짙게 파고드는 냄새가 디퓨저 향을 가뿐히 압살하기 때문이죠. 그날도 저는 시험에 들었습니다. 한국인으로서 김치를 얼마나 사랑하는지 스스로 되물으며 그를 안고 가까스로 집에 도착한 날이었습니다.

여기까지 오시느라 고생하셨어요.

김치 네가 고생했지.

아니에요.

김치 아니긴. 너희 어머니랑 네가 아니었음 내가 어떻게 서울까지 왔겠냐.

그건 그래요.

김치 아무리 잘 포장했다고 해도 은은히 올라오는 내 냄새에 난처해하는 네 표정 잘 봤다. 이해한다. 익어가는 내내 나는 이 냄새를 나조차도 어쩔 수 없으니.

그게 매력이죠.

김치 맛있어지는 길은 역시 멀고도 험한 것 같다.

역시 국가대표다운 발언이네요.

김치 그래. 무색무취로 가는 길은 역시 나와 어울리지 않는 행보일 거야. 그런데 너는 왜 냉장고에 나를 한가득 쟁여놓고 도통 먹질 않는 것이냐. 종종 탈취제만 놓고 사라지던데.

아… 보셨어요?

김치 그래. 아무리 생각해도 나 때문인 것 같더라.

제가 제때 먹지 못한 탓이죠.

김치 아니다. 너도 바쁘게 지내면 그럴 수 있지.

면목 없습니다.

김치 언젠가 내 진가를 알게 될 날이 오겠지.

지금도 아는데요.

김치 알고 있다는데 이런 취급은 어쩐지 더 속상한데. 그런 표정 짓지 마라. 농담이다.

농담 같지 않은데요.

김치 어떤 농담은 나처럼 발효되기도 하지.

필요 이상으로 묵혀 둔 말을 꺼내게 한 건 제 잘못 같습니다.

김치 그만 반성하고 딱 한 가지만 약속해 줘라.

어떤 약속이요?

김치 골마지 끼지 않게 도와줘.

그 하얗게 뒤덮는 거 말씀하시는 거죠?

김치 그래 그거. 네 이름 초성이랑 같네.

아? 아… 그럼 정말 자주 먹어야겠는데….

김치 그래? 근데 그게 쉽지 않으니까 계속 같은 문제가 발생했겠지. 그냥 무작정 다 먹어야 하는데 하고 생각만 하면 답이 없어.

양이 너무 많긴 해요.

김치 산더미처럼 쌓인 일이라고 생각하면 안 된다니까? 조금씩 덜고 써는 것부터 시작해.

생각을 덜 하라는 거죠?

김치 그래. 그리고 물리기 시작하면 달리 먹을 방법을 생각해.

찌개나 찜, 볶음 같은 걸로요?

김치 응. 조리 방법을 연구하는 거지.

이 느낌 익숙한데 뭔지 잘 몰랐거든요. 근데 알 것 같아요.

김치 뭔데.

평소 시간을 대할 때 느낌과 비슷한 것 같아요. 막상 주어진 시간을 어떻게 보낼지 몰라서 생각만 쌓아 두다 아무것도 안 한 채 결국 버려진 하루 끝의 기분 같달까.

김치 아무리 내가 발효식품이어도 평생 가지 않아. 시간도 마찬가지겠지. 그러니까 조금씩 꺼내 두고 생각해. 먹을 수 있을 정도만 꺼내는 연습부터 해 봐. 그나저나 너 사진 찍을 때 김치라고 하지.

네? 그거랑 그게 무슨 상관이….

김치 너 "김치~"할 때 브이하지 않아?

아무래도 그렇죠?

김치 브이가 주방가위다 생각하고 잘라 먹어. 그럼 안 잊어 먹겠지 이제!

아….

김치 뭐지 싶어도 뭐라도 챙겨 주려는 사람의 마음을 생각해서 챙겨 먹어.

네. 그래 볼게요.

김치 그래, 만물박사 골마지! 지켜보겠다!

라면

- 만물박사
- 라면

냉장고 속 잠든 김치를 아낌없이 먹는 방법은 뭐니뭐니 해도 집밥을 꼬박꼬박 차려 먹는 것입니다. 그러나 매일 정성껏 밥을 차려 먹기란 여간 쉽지 않으니 간편하게 끼니를 때우고자 중간중간 라면을 끓여 먹을 때가 많습니다. 탄수화물과 나트륨의 융합이 이룩한 더없는 행복. 한껏 부풀어 오른 저의 얼굴이 그 행복의 크기를 말해 줍니다. 깊은 밤 피어오르는 라면 냄새. 밤새 운 얼굴만큼 땡땡 붓겠지만, 행복하게 부은 것이라면 그걸로 충분하지 않을까요?

라면　　내일 얼굴 부어도 저는 책임 안 집니다.

그런 각오쯤은 되어 있죠. 김치와의 약속도 지킬 겸!

라면　　야밤에 호출되는 것도 이제 익숙해질 때가 됐는데….

그러니까요. 제가 이렇게 불러내는 거 한두 번도 아닌데.

라면　　또 불러내면 잔뜩 꼬여 있던 게 스르르 풀리는 그 기분이 좋더라고요.

저도 그 모습에 덩달아 기분 좋아지잖아요.

라면　　근데 꼬들꼬들한 거랑 푹 퍼져 있는 게 그렇게 달라요?

다르죠. 다른 거 다 잘해도 말투 하나 때문에 사이 뒤틀어지는 가족이나 연인, 부부 같다고 해야 하나.

라면　　그 비유 뭐예요.

사소한 거지만 중요한 부분이라는 거죠.

라면　　불어 터진 거 좋아하는 사람도 있던데.

취향은 아니지만 존중합니다.

라면　　그것도 그건데 끓이는 방법으로도 말이 많더라고요.

라면 끓이기에 일가견이 있다고 자신하는 사람이 참 많죠?

라면　　많더라고요.

라면 끓이는 것에도 이렇게 다양한 신념이 있는데….

라면　　전 가끔 그래서 사람들이 무섭다니까요.

저도 같은 사람이지만 그럴 때 있어요.

라면 그래도 저를 보는 눈빛은 대체로 초롱초롱한 편이라 그 부분에 있어서는 안심이 돼요.

맞아요. 뭐 맨날 먹으라고 해도 먹겠다는 사람들이 있으니까.

라면 근데 정말 매일 먹으라고 하면 힘들걸요.

그건 그래요.

라면 아직까지는 제가 수요가 있어 다행이에요.

앞으로도 그럴 거예요.

라면 저는 그게 밥 덕분이라고도 생각해요.

밥이요?

라면 네. 밥이 있어서 저도 찾아 주는 거 같거든요.

서로 물리지 않게 해 주는 역할인가요.

라면 그렇죠. 어느 한쪽만 있다고 생각해 봐요.

생각만 해도 괴롭네요.

라면 이미 두 가지 좋은 맛을 봤기 때문이기도 하겠지만….

뭐 하나만 있어도 그 안에서 다양한 변주를 줬겠지만….

라면 그래도 한계는 있었겠죠.

상호보완되는 동시에 경쟁하는 거네요.

라면 그렇다고 할 수 있죠.

근데 또 라면 국물에 밥 말아 먹는 사람들 생각하면 완전한 화합 같기도 하고.

라면 김밥이나 주먹밥을 먹을 때 저를 찾는 사람들도요. 어떻게든 좋은 맛을 찾으려고 궁리하는 사람들의 집념을 저는 정말 높게 사요.

그러니까요.

라면 한국 사람들 밥심으로 산다지만 운발 못지않은 면발 덕분도 있지 않나 생각해요.

라임 맞추신 거 솔직히 좀 무섭지만… 치밀한 맛은 인정이요….

라면 왜들 그렇게 나를 끊지 못하는지….

음, 구불구불한 면발을 들어 올려 면치기할 때 입술을 사정없이 강타하는 옅은 굴곡에 스트레스가 풀린다고 해야 하나.

라면 후루룩 소리 그거 경쾌하죠.

너무 경쾌해요. 하루 스트레스가 다 날아갈 것처럼.

라면 제가 할 말은 아니지만 제가 좀 그렇긴 그래요?

멋져요.

라면 멋진 제가 팁 하나 줄게요.

팁이요?

라면 앞으로는 다음날 부은 얼굴 거울에 비춰 보고 후회하지 말고 소원을 빌어요. 보름달이다 생각하고.

그게 무슨 말씀인지?

라면 기왕 먹은 마음 좋게 먹는 것처럼 저도 그렇게 먹어 달라는 부탁이에요.

라면님 F 맞죠? 이 감성, 이 온도 F가 확실해요.

라면 만물박사가 그렇다면 그런 거겠죠.

저 뭔가 마음이 몽글몽글해졌어요. 죄책감 없이 부을 수 있을 것 같아요.

라면 그래요. 내일 꼭 소원 빌기. 잊지 말아요.

수저

- 만물박사
- 수저

숟가락은 마이크를 닮았습니다. 모 연예인 부부의 막내딸은 애착 인형 대신 애착 숟가락을 들고 다닌다고 하네요. 귀여운 어린아이가 마이크 닮은 수저를 들고 즐겁게 들썩들썩한 마음으로 노래 부르고 그 곁에 둘러앉은 어른들이 젓가락을 양손에 나눠 쥐고 박자를 맞춰 주는 상상을 해 보세요. 기분이 좋아지지 않나요? 저도 그런 시절이 있었는지 생각해 봅니다. 여러분에게도 그런 시절이 있었나요?

수저 　　아니 이게 누구야. 수저계급론에 따라 자기 인생 남의 인생 편하기 좋아하는 인간 아니야.

금수저 흙수저 그거요?

수저　그래 그거.

전 이제 그런 거 따지는 것도 귀찮아요.

수저　그래도 한동안 너도 그런 거 운운하지 않았어?

아예 안 했다고 하긴 어렵죠.

수저　왜 우리 수저들이 인간들의 가정 경제를 대표하는 아이콘이 되어야 하는지 모르겠어.

그만큼 먹고사는 행위와 직결된 역할을 해 주셔서 그런 거 아닐까요.

수저　자기들 손 안 더럽히고 먹게 해 주면 그걸로 된 거지. 뭘 또 거기서 금이니 은이니 흙이니 하는 건지.

이해하세요. 인간이란 본디 자기 감정에 뭘 갖다 붙이는 것에 일가견이 있으니까요.

수저　이해하려고 해도 이해하기 어려운 족속들이야. 그래서 귀여워.

네? 귀, 귀여… 저도요?

수저　응 너도.

아 그렇죠. 저도 인간이죠.

수저　그래서 말인데. 그렇게 나는 어떤 수저다 하면 좀 속이 시원한가?

시원할 것은 없고 자조하는 거죠.

수저 자조는 왜 하는 거야?

스스로를 먼저 비웃으면 그다음에 오는 타인들의 시선들은 그럭저럭 견딜 만하다고 느끼거든요.

수저 그건 뭐 제대로 된 인정도 아니잖아.

제대로 된 인정이 뭔데요?

수저 무언가를 받아들인다는 건 그럼에도 해야 할 것과 하지 않아야 할 것이 있다는 것을 스스로 파악하는 거지.

무슨 말인지 잘 모르겠어요.

수저 너 그 수저계급론 운운한 뒤로 뭐 달라진 게 있어?

달라진 거요? 글쎄요.

수저 그럼 그냥 나는 그런 이런 형편이구나 하고 만 거 아니냐고.

그, 그렇죠?

수저 진정한 달관이 아닌 비관의 길로 접어든 게지.

저는 실망하는 거 싫거든요. 그래서 기대를 안 하는 편이에요.

수저 정말 큰일이다. 기대를 압도할 만큼의 노력은 했어?

그렇게 해본 기억은 드문 것 같아요.

수저 그래서 문제란 거야.

아니 그게 왜 문제인데요. 보통 주제를 알라는 말 많이 하잖아요. 주제를 아는 게 왜 나빠요?

수저　　주제를 알아도 그릴 수 있는 건 무궁무진하지 않아? 같은 주제를 다룬다고 똑같은 작품이냐고.

그래도 비슷하잖아요. 비슷한 건 재미없고요.

수저　　안되겠다. 너는 디테일 보는 법부터 배워야겠다.

저 잘 봐요.

수저　　잘 보긴 개뿔. 네 인생의 디테일은 못 보는 것 같아. 너 보통 계획 같은 거 잘 세우는 편이야?

아뇨. 어차피 계획대로 안 되는 거 뭐하러 세워요.

수저　　아까부터 느끼긴 했는데 너 P냐?

수저님은 J, 그리고 T! 맞죠? 저 아까부터 상처 오지게 받고 있어요.

수저　　새겨들어. 그럼 계획해서 네가 지금의 환경을 타고난 걸까?

그건 아니죠.

수저　　달라질 가능성은 늘 열려 있는 거 아니야?

그렇네요?

수저　　그럼에도 배가 안 고픈 날이 있어?

거의 없죠.

수저　　그 배고픔에 대한 계획은 세울 수 있는 거 아니야?

뭘 먹을지요?

수저 응. 그때그때 정해서 원하는 걸 다 먹고 살 수 있어? 그 정도 능력 돼?

아뇨.

수저 시간이든 돈이든 넉넉해야 할 거야. 그치? 어찌할 수 없는 배고픔에 휘둘리지 않고 어느 정도 허기를 다스릴 수 있을 때 인간은 성숙해져.

무슨 이야기인지 조금은 알 것 같아요. 직접 요리해서 밥을 먹는 날은 기분이 좀 낫거든요.

수저 그래 그거. 자신에게 살뜰한 사람이 되어야 해.

오랜만에 요리를 해야겠어요.

수저 잘 생각했어. 나도 네가 나를 어떻게 놓고 들어 올렸다가 깨끗이 헹궈 뒀는지 잘 기억했다가 말해 줄게.

저 이제 좀 알 것 같아요. T의 다정함이 뭔지.

수저 감탄하긴 일러. 개선해야 할 게 많다고.

방금 그 말 취소할게요.

수저 미안한데 타격감 하나 없단다.

미안하지도 않은데 왜 미안하다 해요?

수저 응. 그럼 나도 미안하다는 말만 취소할게. 금이니 흙이니 다 됐고 너 오늘부터 그냥 웃수저 해. 그게 어울려.

하나도 안 어울리거든요?

수저 그건 니 생각이고. 장기하 노래 가사처럼 그냥 니 갈 길을 가거라. 그러니 인간들아 진짜 수저수저거리지 말자. 넌 사람이잖아. BTS도 노래 가사에 그렇게 썼잖아.

아니, 사람도 아니면서 왜 모르는 노래가 없어요?

수저 나? 쁘띠 마이크니까.

쁘띠 마이크요?

수저 응 내 부캐야. 어때 사랑스럽지?

진짜 못당하겠어요.

수저 자존감 높은 수저 처음 보나.

네. 진짜 처음 봐요.

수저 그래. 이런 진귀한 내 모습 멋지니까 잘 봐 두렴.

근데 오목한 쪽으로 봐도 볼록한 쪽으로 봐도 저는 참 못 생겼어요.

수저 그래 그렇긴 한데 귀여워.

병 주는 거예요? 약 주는 거예요?

수저 난 아무것도 주지 않았어. 가지고 태어난 것과 가지지 못하고 태어난 것과 상관없이 귀여운 사람이 되렴.

귀엽다는 게 뭔데요.

수저 귀엽다는 건 기특하다는 거야. 쉽지 않은 인생 잘 살고 있잖아. 어제도 오늘도 힘들어도 밥만 잘 먹잖아.

아 진짜 못 당하겠어요.

밥

- 만물박사
- 흰쌀밥
- 김밥
- 쌈밥
- 주먹밥
- 국밥
- 볶음밥
- 비빔밥
- 덮밥

밥정이라는 게 참 무섭습니다. 낯간지러운 표현을 하지 못하는 가족끼리 무뚝뚝하게 밥 먹었냐고 묻는 상황 있지요? 그게 고맙다거나 사랑한다는 말도 아닌데 모든 표현을 밥으로 퉁치고 마는 상황. 어느 날 상에 둘러앉아 말없이 밥을 먹던 중 서로 엉겨 붙은 밥알들을 가만히 들여다보았습니다. 밥들의 세계에는 어떤 가족사가 있을까. 그 궁금증에 불현듯 그들의 가족회의에 긴급소집되었습니다.

다들 모이셨나요. 오늘 모이신 이유 모두 알고 계시죠?

흰쌀밥 가만 있어 보자. 주먹밥, 볶음밥, 쌈밥, 김밥, 국밥. 덮밥이랑 비빔밥이 안 왔는데 곧 오겠지. 얼추 다 모였으니 말해도 될 것 같아요.

네, 오늘 이 자리에서 여러분들의 어머님을 모실 자녀분이 있는지 여쭤보려고 해요.

흰쌀밥 내 눈치 볼 것 없다.

제가 눈치 보이는데요. 각자 의견을 들어 보는 게 좋을 것 같아요. 자녀분들 독립하고 이렇게 모인 것도 오랜만이지 않나요?

김밥 엄마, 주먹밥이랑 나는 당장은 어려워요. 알잖아.

쌈밥 엄마, 나도 마찬가지예요. 그리고 김밥형은 장남이라고 이것저것 챙겨 주시다가 옆구리 터질 뻔했잖아요.

흰쌀밥 너도 내가 많이 챙겼는데. 바닥보다 큰 쌈채소로 끝까지 업어 키운 이 애미 마음도 모르고. 으휴.

주먹밥 엄마, 엄마가 괜찮으시다면 저랑 있으셔도 돼요. 가족은 뭉쳐서 살아야 한다면서요.

쌈밥 주먹밥 누나! 누나도 이제 누나 인생 살아야지. 시간 지나면 하나둘 말라비틀어질 처지에 이제와 뒤늦게 뭉쳐 살면 뭐해.

국밥 넌 말을 꼭 그렇게 하더라.

쌈밥 내가 뭘. 아니 그럼 국밥이 네가 모시든가. 하는 것 족

족 말아먹는 주제에 효도는 하고 간다고 지난번에 네가 만취해서 말하지 않았냐?

국밥 형! 남 일이라고 그렇게 막말하지 마.

쌈밥 남? 그래 말 한번 잘했다. 봤죠. 남이라니까 이제.

볶음밥 가만 보면 우리집 분란은 다 오빠가 일으키는 것 같아.

쌈밥 내가 무슨 분란을 일으켜? 사실 위주로 말하는 건데. 너야말로 늘 밖에서 달달 볶이고 들어와서 어릴 때 네가 찬밥 신세였네 뭐였네 그래서 네 인생 꼬였다고 한탄했잖아. 솔직히 각자 인생 잘 살면 분란이 있겠냐? 엄마, 엄마도 그걸 원하시던 거 아니었어요?

제가 낄 상황은 아니지만 진정하세요. 어머님 놀라셔서 굳으셨어요.

비빔밥 하루이틀 일이 아니라서 놀랍지도 않네요.

쌈밥 야 너 잘 왔다. 넓은 그릇 운운하는 네가 모시면 엄마 마음도 편하지 않겠냐?

비빔밥 오빠, 내가 산전수전 다 겪어 봐서 알거든? 어떻게 누군가에게 비비면 다 끝날 것 같잖아. 부탁 들어줄 것 같지. 아니? 그렇게 산 내가 바보였더라고.

쌈밥 하 너까지 신세한탄이냐? 이렇다니까. 이 집구석만 들어오면 답답해 미치겠어.

저기요. 사실 어머님은 이런 걸 원하신 게 아니에요. 어머님도 자식들 고생 안 시키려고, 분명히 부담될 거라고 혼자 있으신 게 편하시다고 했는데 제가 설득해서 이렇게 여러분들을 부르신 거라고요.

주먹밥 엄마 무슨 일 있는 거 아니지. 어디 아픈 거면 솔직하게 이야기해 줘요.

쌈밥 엄마! 못난 자식들이지만 속 시원하게 말씀 좀 해요.

흰쌀밥 미안하다.

김밥 엄마 미안하다뇨. 왜 이래요.

볶음밥 내가 모자라서 너희들을 잘못 키웠다는 둥 그런 말하지 마요. 내가 누굴 닮았겠어. 한탄 유전자가 어디서 왔겠냐고.

주먹밥 하, 그만….

흰쌀밥 내가 살아 보니까 쌀알이 고르지 않더라도 적정한 물을 먹고 열을 받으면 좋은 밥이 되더라. 생각해 보면 너희를 낳고 기를 때 여유가 없어 어떤 밥이 되고 싶은지 물었던 적이 없던 것 같아. 겁이 났거든. 내가 그걸 지원해 줄 수 있는가. 근데 또 세월이 지나니까 노랗게 말라비틀어져 가는 내 모습이 너희한테 희망을 주긴커녕 짐이 되는 것만 같고.

국밥 엄마 아녜요. 죄송한 건 우리들인데.

비빔밥 엄마. 나 엄마 약해지면 무서워. 그래서 더 안부 묻는 것에 인색했던 것 같아. 핑계라고 해도 어쩔 수 없는데 난 그냥 이렇게 투정 부릴 수 있는 게 좋아. 엄마 건강해야 돼. 정말 건강해야 돼.

흰쌀밥 애들아 엄마랑 약속 하나 하자. 나 너희들이랑 같이 살 생각 없고 너희도 너희 삶이 있으니까. 더 이상 그 이야기는 하지 않고 약속 하나만 해.

국밥 무슨 약속을…?

흰쌀밥 내가 없더라도 사이좋게 지낼 것.

쌈밥 그건 좀… 지금도 이 모양 이 꼴인데.

흰쌀밥 아무리 출중한 개성이라도 혼자 있으면 그건 개성이 아니다.

주먹밥 엄마 무슨 말씀인지 알겠어요.

저도요.

쌈밥 당신이 왜…?

흰쌀밥 결국 서로가 서로를 받아들이는 때가 와. 너희가 너희 자신을 받아들일 때 다양한 허기와 맞설 수 있어. 누군가를 채워 줄 수 있어. 그때는 너희가 한데 엉겨 붙어 있던 지나간 시절을 그리워할 수도 있을 거야. 엄만 너희가 언제나 사랑스럽고 자랑스럽단다.

쌈밥 아니 엄마 이런 이야기를 진작 했으면 좋았잖아요.

흰쌀밥 하여간 누가 밥 씨 집안 아니랄까 봐. 내가 너 한술 더 뜰지 알았다.

쌈밥 솔직히 이 밥이 다 어디서 나왔겠어요?

흰쌀밥 사랑에서 나왔지.

국밥 가족끼리 밥알 돋게 이러지 맙시다.

주먹밥 왜 난 좋기만 한데.

저도 좋네요.

쌈밥 당신이 또 왜… 뭐야 이 사람, 울어?

흰쌀밥 냅둬라. 내가 알지. 저 사람 엄마가 자식들 오기 전에 밥짓고 기다리던 마음이 어떤 마음인지.

국밥 엄마 그만. 저 사람 더 울겠어요.

덮밥 뭐야 분위기 왜 이래.

쌈밥 이제야 온 거야?

덮밥 응. 근데 뭐야 진짜.

비빔밥 오빠 내가 나중에 설명해 줄게.

앞, 앞으로는 꼭 일찍….

흰쌀밥 그만 울고. 오늘 수고했어요. 그쪽도 얼른 가요.

네, 오래오래 사셔야 해요.

흰쌀밥 우리는 당신이 살아가는 동안 계속 지어질 테니까 걱정 말아요.

식혜와 수정과

- 만물박사
- 식혜
- 수정과

한국 전통 음료의 양대산맥 식혜와 수정과. 어릴 때 저는 수정과의 맛을 몰랐습니다. 낯선 계피향 때문인지, 수정과보단 식혜가 좋았습니다. 다디단 맛에 익숙한 밥알이 들어가 있었으니까요. 그래도 수정과에 올라간 잣의 모양이 어딘가 밥알을 닮아 있어 어렴풋하게나마 수정과를 마음에 두었던 것 같아요. 그렇게 익숙한 것과 닮은 어떤 부분을 찾아가면서 맛의 스펙트럼을 넓힐 수 있었는데요. 요즘은 그저 익숙하고 편한 것에 머무르려고 합니다. 귀찮아서 관둔 것이 많아졌습니다. 밥알 없는 식혜만 마시고 싶을 정도로요.

아, 못 고르겠어요.

식혜　　골라요.

수정과　　취향껏 골라요. 우린 상관없어.

정말 상관없어요?

수정과　　그런 걸로 마음 상할 만큼 우리가 그렇게 속이 좁진 않아. 그러니 안심해요.

식혜　　맞아요. 한동안 밸런스 게임이 유행이었잖아.

수정과　　우리도 그 시험대에 오른 거지 뭐.

식혜　　맞아. 그러고 보면 인간들은 잔재미를 잘 찾는 것 같아.

수정과　　내 얼굴에 띄운 잣이나.

식혜　　내 바닥에 가라앉은 밥알이나.

갑자기요?

수정과　　그것들과 비슷한 거 같지 않아?

뭐가요?

식혜　　멀뚱히 서 있지만 말고 저기 가서 뭐 저을 것 좀 가지고 와. 젓가락 한 짝만 있어도 되겠다.

아, 네. 이거면 될까요?

식혜　　뭐해. 저어야지.

아, 어느 정도로…?

수정과　　이 친구 뭐야. 왜 이렇게 눈치를 봐?

식혜 바닥에 가라앉은 밥풀이 몽땅 다 떠오르도록 휘휘!

네, 그래 봤자 근데 또 시간이 지나면 가라앉을 텐데.

수정과 이 친구 진짜 웃긴 친구야.

식혜 그전에 나를 다 마시든가. 아니면 마실 때까지 계속해서 저어야지.

수정과 그러니까 밥풀 덜어내고 깔끔하게 나오면 좀 좋아.

식혜 그건 또 마시는 사람이 재미없어 하니까.

수정과 맞아. 인간들 편의가 생기면 또 금세 재미없어 하지.

식혜 어떻게 할 거야. 선택했어요?

아, 천천히 마실게요.

식혜 마실 때까지 저어야 돼. 귀찮아도.

수정과 남기지 말고. 밥풀이 남아도 긁어서 싹싹 먹고.

네, 그럴게요.

식혜 나 마시고 수정과 마실 땐 어떻게 할 거야?

네?

수정과 당황했잖아. 왜 또 부담까지 주고 그래. 이 친구 완전 굳었네. 나를 마실 때도 시원하게 들이키면 돼. 그리고 잣 같은 것도 얼렁뚱땅 삼키지 않고 씹어 보는 거야.

식혜 우리 둘 다 다른 맛이지만 시원하게 마시는 게 좋다는 것도 잊지 말고.

네. 그럴게요.

수정과 근데 신기하지? 펄펄 끓어야 이 맛의 근본이 생기는데 더 좋은 맛을 위해 식어야 하는 것도 모자라 어느 정도 찬기를 품어야 한다는 게.

식혜 단물도 그냥 단물만 마셔서는 뭔가 부족한 느낌이 들고 말이야. 그나저나 그래서 우리 중 누구? 고른 건가? 먼저 마신 나?

수정과 아니지. 아닐 수도 있지. 가장 좋아하는 것을 마지막까지 아껴 둘 수도 있지.

그게 말이죠.

식혜 괜찮아.

수정과 정말이야. 우린 상관없어.

식혜 마시고 싶은 걸 제때 맛있고 시원하게 마시면 된 거야.

수정과 그래 맞아. 서로서로 수고로움으로 맺어진 관계면 된 거야. 번거로워도 밥 한 톨, 잣 한 알. 그냥 넘기지 마.

참기름과 들기름

- 만물박사
- 참기름
- 들기름

코로나19에 걸렸을 때 후유증으로 잠시 후각을 잃었습니다. 냄새를 맡지 못하니 무엇을 먹든 음식의 온도만 느껴져서 기묘했습니다. 격리 기간이 끝난 뒤에도 몸이 좋지 않아 한동안 집에만 있었습니다. 그 시간 동안 이런 생각을 했습니다. 후각이 돌아올 때 어떤 냄새를 가장 처음으로 맡게 될까. 어떤 냄새를 맡으면 좋을까. 저는 매일 주방에 가서 참기름과 들기름 뚜껑을 열고 코를 킁킁댔습니다. 당시 한정 진짜 이상한 루틴이었지만 세상 고소한 냄새와 함께 새롭게 뭔가를 시작해 보고 싶었거든요.

참기름 어떻게 또 내 냄새를 맡고 여기까지 왔구만.

들기름 내 냄새를 맡고 온 것 같은데.

참기름 왜 자꾸 나랑 겨루려고 하는 거야.

들기름 누가 누구랑 겨뤄.

싸우지 마세요.

참기름 어느 것 하나 포기할 수 없다는 표정이군.

두 분의 고소함을 맛본 사람이라면 누구든 그럴 걸요?

들기름 근데 우리 둘 다른 점을 알고 하는 이야기인가?

그거야 뭐 향도 다르고 맛도 다르잖아요.

참기름 그런 거 말고 우리의 본질이 뭔지 아냐고.

아 알죠. 참깨와 들깨.

들기름 어떻게 생긴지는 알고 하는 이야기야?

어렴풋하게 아는데. 두 가지 깨 모두 동글동글하긴 한데 들깨는 구에 가깝고 참깨는 한쪽이 좀 뾰족하지 않나요? 물방울처럼.

참기름 물방울 모양이라고? 세상에 물방울 모양이 얼마나 다양한데.

어….

참기름 뭐 물론 참깨 같은 물방울 모양이 있을 순 있어. 그렇지만 참깨가 물방울 모양 같다는 말은 좀 너무하네.

물방울 같다는 말은 취소할게요.

들기름 그럼 잎은? 사람들이 먹는 깻잎이 어떤 깨의 잎인지는 알고 있어?

어… 참깨?

들기름 틀렸어.

참기름 내가 좀 대중적이어서 그런가.

들기름 좀 으스대지 마.

들깨였어요? 그럼 참깨 잎사귀는 어떻게 생겼어요?

참기름 내 잎은 길쭉하고 뾰족한 편이야.

오 그렇구나.

들기름 내 잎을 깻잎이라곤 했지만, 깻잎만 수확하기 위해 개량한 종자가 따로 있어.

깻잎을 그렇게 좋아하면서도 몰랐어요.

들기름 대부분의 사람은 자신의 입장에서 그게 어디에 좋고 나쁜지만 따지지 그 이상은 굳이 알 필요 없다고 생각하는 것 같아.

참기름 쓸모에 천착한다고 해야 하나.

자기 편한 쪽으로 생각하는 경향이 있죠.

들기름 사실 뭐 굳이 알 필요가 없긴 하지.

참기름 그래도 알면 좋은 부분이 확실히 있지.

어떤 부분이요?

참기름　세상엔 정말 다양한 삶이 있구나 하는 경이로움.

들기름　그걸 알면서 왜 그렇게 으스대는 거야?

참기름　솔직히 으스대진 않았다. 난 그저 내가 좋은 것뿐이야.

들기름　나도 내가 좋아!

참기름　그럼 각자 노선따라 가면 되잖아.

들기름　아는데 잘 모르는 사람들이 자꾸 너랑 비교하니까 그렇지!

저 같은 사람 때문이군요.

들기름　이제라도 알게 되었으니 다행이야. 너 같은 사람이 점점 늘어나겠지.

두 분 덕분에 깨달았어요. 제가 생각보다 무지하고 게으르다는 사실을요.

참기름　괜찮아. 얘도 나도 사람들처럼 모르는 것이 많으니까.

들기름　맞아. 그래도 물방울이 하나의 모양만 있지 않다는 건 우리 둘 다 알지.

그건 이제 저도….

참기름　우리도 그렇고 사람들도 그렇고 결국엔 유심히 살아가는 존재들이 더 많은 가능성을 열어 가는 것 같아.

들기름　그래도 "열려라 참깨" 같은 주문은 너무 편협해. "열려라 들깨" 같은 주문도 얼마나 좋아.

참기름 그 주문은 〈알리바바와 40인의 도둑〉에 나오는 공신력 있는 주문이라고.

들기름 참나 공신력? 참깨나 들깨나.

아까는 그렇게 다른 점을 강조하시고는…

들기름 비슷한 듯 다르다 이거지.

참기름 만물박사가 이해해.

이해 못 할 것도 없죠. 세상에 정말로 이해 못 할 일들 투성인데.

들기름 근데 〈알리바바와 40인의 도둑〉 줄거리가 어떻게 되더라?

참기름 글쎄. 그래도 교훈만 기억나네.

뭔데요?

참기름 뭐겠어. 착하게 살면 복 받는다 그거지.

들기름 정말 그래?

정말 그래요?

참기름 글쎄. 그래도 착하게 살면 복 받았으면 좋겠어.

들기름 정말 그래야 하는데.

참기름 착하게 사는 게 나쁜 게 아닌데.

들기름 착하게 살면 손해라고 생각하게 만드는 사람이랑 환경이 나쁜 거지.

참기름 만물박사 넌 착하게 살아.

너무 어려운 주문이에요.

들기름　　마음을 알아 가려는 노력만 해도 착한 거지 뭐.

참기름　　별게 있겠어.

그게 너무 어렵다니까요.

참기름　　어려워도 어쩌겠어. 해내야지.

할 수 있을까요?

참기름　　누군가의 작은 마음이라도 알아줘.

들기름　　다음에 만날 땐 우리에게 깨알 같은 감동을 주면 좋겠구나.

자판기 율무차

- 만물박사
- 율무차

최근에 자판기 이용하신 적 있나요? 전처럼 자주 이용하지 않지만 거리를 오가며 자판기를 볼 때가 있습니다. 그중에서도 온음료 메뉴에 눈을 뗄 수 없는 추운 겨울날. 진한 믹스커피 못지않게 주린 마음을 달래 주던 율무차를 보고 무척 반가운 마음이 들었습니다. 율무차의 걸쭉한 온기가 주는 위로가 확실히 있거든요. 그 위로를 한 번 더 받고 싶어 정말 오랜만에 자판기 율무차를 기다렸습니다.

율무차 　기다려 주셔서 고맙습니다.

Coffee&
Sweet

뭘요. 제가 선택한 기다림인데.

율무차 자판기 오랜만이죠?

네, 오랜만이죠.

율무차 요즘엔 다들 카페에 가니까요.

맞아요. 한동안 마스크를 벗고 다닐 수 없던 시국이었고, 그래서 찾는 사람이 더 없겠어요.

율무차 그렇죠. 사람들 자주 가는 카페에서도 '나를 찾기는 힘들다' '내 몸값이 저렴한 편이지만 드물다' '난 참 드문 존재다' 그렇게 생각하면서 멈춰 있으면 좀 나아요.

직접 찾을 일이 점점 없어지는데, 그래도 생각하면 문득 그리워지는 게 있잖아요. 그중에 하나가 아닐까 했어요. 사실 저는 율무가 어떻게 생겼는지도 하나도 안 궁금하고, 안 궁금한데 대충 예상은 가고, 또 율무가 정말 어떤 맛인지 모르는 사람인데 율무차를 뽑고 기다릴 때 제 상태는 선명하게 기억나거든요.

율무차 어떤 상태였던 거죠?

저는 배가 고픈데 애매할 때 많이 찾았던 것 같아요.

율무차 저를요?

네, 뭔가 그때 달고 걸쭉하고 따뜻한 느낌이 주는 안정감이 있다는 걸 깊이 느꼈어요. 덕분에 살았달까.

율무차 제가 누굴 살릴 줄은….

주로 추운 날 복도나 거리에서 마셔서 더 그런 것 같기도 하고요. 요즘도 출근해서 자판기에서 뽑은 건 아니지만 직접 타 마실 때가 있거든요.

율무차 확실히 꼬르륵 소리는 극복이 안 되시나 보다.

네, 매번 그 상황에선 어쩔 수가 없어요. 남들 앞에서 배고픔을 들키는 과정은 늘 부끄럽고 어떻게 해도 익숙해지지 않더라고요.

율무차 그럴 것 같아요. 근데 또 이렇게 듣고 보니 뿌듯하네요. 식사 대용이 될 순 없지만 그런 마음에서 저를 찾는다는 거잖아요.

네 뭔가 부담 없고 든든해요.

율무차 저도 개인적으로 아쉬움은 있지만 이러나 저러나 제가 생각나는 한때가 있다는 게 좀 마음이 놓이네요. 그런 감각이 어느 세대까지 이어져서 제가 호출될지는 모르겠지만….

이렇게 있다 보면 또 다른 자리에서 다른 방식으로 만나다 기억될 날이 오지 않을까요?

율무차 새로운 관계에서 새로운 방식으로?

네, 모든 게 그런 것 같아요. 기간은 좀 달라도 어느 시점이 오면 여전히 그대로인데 너무나 그대로여서 이래도 되나 싶을 정도로 환영받는 때가 오기도 하는 것 같아요.

율무차 역주행이라고 하는 그런 거.

미련해 보일 정도로 성실한 거? 두 눈에 보이는 것으로는 영원히 설명이 안 될 때 그렇게 한결같이 있는 걸 보게 되면 내가 뭐 도운 것 하나 없지만 염치없이 위로를 받는 것 같아요.

율무차 많이 받아 가도 돼요. 그래도 돼요.

담배와 술

- 만물박사
- 담배
- 술

살면서 담배와 술 중 하나는 무조건 해야 한다면 어떤 것을 하시겠습니까? 무엇을 선택하든 하루도 거르지 않아야 하며 끊을 수 없다는 게 조건입니다. 이 지독한 밸런스 게임에서 저는 어떤 것을 선택해야 그나마 나을지 깊은 고민에 빠졌습니다. 어떻게 하든 건강이 안 좋아질 게 빤하니까요. 아무렴 어때라는 생각으로 둘 다 선택하는 분들도 있겠죠. 담배와 술은 기호식품이니까요.

담배 네가 나쁠까. 내가 나쁠까.

술 내가 덜 나쁘다고 할 수 있지.

담배 아니 내가 덜 나쁠 거야.

누가 봐도 둘 다 확실히 나쁜데요.

담배 당신 나 펴?

아뇨.

술 이거 봐. 이것만 봐도 답 딱 나오네. 네가 더 나쁘네.

담배 왜 나는 안 펴?

겁나서요.

담배 술 마시는 건 겁 안 나고?

나죠.

담배 나는데 왜?

대학 다닐 때 한 선배가 묻더라고요.

담배 뭐라고.

술자리에 가는 길이었는데 저한테 담배도 피우냐고.

담배 그래서.

내심 뿌듯한 표정으로 안 핀다고 했죠.

술 얼마나 나쁘면 그때부터 너를 안 폈겠어.

담배 조용해라.

근데 그 뒤에 곧장 선배가 덧붙인 말이 충격이었어요.

담배 뭐랬길래.

민지야 너는 술을 그만큼 마시잖아.

술　　나를 대체 얼마나 많이 마셨길래.

요즘은 안 그래요.

담배　　못 그러는 거겠지. 그렇게 많이 마셨으면 이미 몸이 상할 대로 상했겠지.

술　　너보다는 내가 덜 나쁘다니까.

담배　　뭐래. 나는 사람을 칠렐레팔렐레 만들진 않아.

술　　뭐래. 나는 사람을 죽음으로 몰진 않아.

담배　　안 몬다고? 정말로?

술　　응.

담배　　뭐 이렇게 뻔뻔하지. 너한테 취해서 운전대 잡거나 주먹 휘두르거나 말도 안 되는 일로 사고 내는 사람들은 뭔데.

술　　그건 스스로 양 조절에 실패한 사람들이고.

담배　　그렇게 치면 나도 한 대 정도로는 그렇게 나쁘지 않거든? 그리고 난 적어도 남이 없는 데에서 피우면 여러 사람한테 피해 주는 일도 없어.

술　　양심 보소. 넌 천천히 한 사람을 죽이잖아.

담배　　넌 아니야?

그만, 그만들 하세요.

술 넌 너무 독해.

담배 내가?

술 나는 내 몸에 경고 문구 정도만 새겼는데. 넌 경고 문구에 이미지까지 딱 박혀 있어서 보기에도 아주 막 살벌하잖아.

담배 아 이거? 이거 나름 훈장인데. 나를 이렇게 많이 피우면 곤란해요. 그러니 다들 조심하세요. 이렇게 열과 성을 다해서 알려 주는 건데 이게 왜 나빠? 너 같은 애들이야말로 사기죄로 감방에 가야 정신 좀 차리지.

술 기가 찬다 진짜.

담배 잔이나 채워라.

술 병나발로 맞고 싶냐?

담배 어 폭력? 만물박사 애 좀 봐요.

술 질 나쁜 애들이 너한테 붙은 불로 사람을 상처 입히기도 하는 거 몰라?

무서워요. 다들 왜 진정하세요.

담배 그래. 맞아 사람들은 진정하고 싶을 때 나를 찾는다고. 네가 나보다 좋은 진정제 역할을 하기는 해?

술 하지. 퇴근 후에 맥주 한잔. 생각해 봐, 얼마나 좋아.

하 진짜 좋아요.

담배 만물박사 정신 차려요. 어디서 요산 수치 올라가는 소리 안 들려요?

술 왜 겁을 주고 그래.

담배 그렇게 술 좋아하다가 배 나와.

진짜 너무하세요.

담배 당신을 위해서 하는 말입니다. 그러니까 차라리 나를 피우라니까.

술 만물박사, 어디서 누런 치아로 웃을 일 만들지 마요.

이럼 진짜 아무도 선택할 수 없다니까요.

담배 사람이 살면서 어떻게 건강한 채로만 있겠어. 안 그래? 길을 걷다가도 매연 한 방 맞고 어 또 황사 쐬고 미세먼지 쐬고 그러는데. 나 한 대 핀다고 안 죽어. 안 죽는다고.

술 네가 드디어 미쳤구나?

담배 안 미쳤거든? 미친 건 너지. 사람들 기분 띄워 준다는 미끼로 아주 기억도 잃게 하고 말야. 술김에 내는 용기가 얼마나 무서운지 만물박사는 알지?

알죠.

담배 거봐.

술 만물박사 정말 섭섭하다.

BEER
포차

담배 다 경험에서 우러나와 하는 고백 아니겠어. 만물박사 솔직히 술 먹고 쓴 글 다음 날 보면 어때.

싹 다 버리고 싶죠.

담배 부끄러워서 그치?

그런데 또 어떤 부분은 쓸 만해요.

술 거봐.

담배 이게 아닌데….

술 뭐가 아니야 아니긴. 어쨌든 이제는 결론을 내야지. 우리 중 누가 그나마 나아?

모르겠어요.

술 왜 몰라. 답이 이렇게 나와 있는데.

솔직히 누군가에게는 두 분 다 세상에서 없애고 싶은 지긋지긋한 존재이기도 해서 제가 뭐라고 답을 내리기가 그래요.

담배 와 나 상처. 상처 제대로 받았어. 만물박사 진짜 무서운 사람이네.

술 솔직히 나도 상처받았어. 좋다고 찾을 땐 언제고. 뭐 지긋지긋? 없애고 싶어?

담배 내가 이래서 인간들 안 좋아해. 나는 솔직하게 모든 걸 말하고 적당히만 나를 대해 달라고 했는데. 지들이 좋다고 엄청 피워 대고는 나중에 나만 탓하지.

술 완전 동의. 적당히만 하면 내가 얼마나 좋은 존재인데.

왜 갑자기 단합을… 전 제 의견이 전부는 아니라는 말인데요.

담배 사람이 그렇게 줏대가 없어서 쓰나.

술 그래서 무슨 글을 쓰겠다고.

조심스러운 게 그렇게 나쁜 거예요?

담배 어… 어? 나쁘지. 그렇지?

술 그렇지? 그렇게 조심할 거면 밥은 어떻게 먹고 공기는 어떻게 마셔? 어떤 나쁜 게 들어 있을 줄 알고?

담배 맞아. 그렇게 조심스러우면 하루하루 겁나서 어떻게 살아. 아무것도 안 해도 갑자기 병에 걸리거나 사고를 당할 수도 있는 건데.

지금 저주하시는 거 아니죠?

담배 저주? 아냐. 우리가 그렇게 나쁜 애들로 보여?

술 정말 우리를 그렇게 보는 거야?

담배 실망이다. 만물박사 진짜. 야, 가자.

술 그래. 우리 갈게. 갈 건데 마지막으로 한마디만 할게.

담배 됐어. 왜 이렇게 말이 많아. 주정하는 것도 아니고.

더 하실 말씀이 뭔데요.

술 나는 다 기억한다. 술 취해서 네가 했던 말과 행동 모든 걸 다!

아 진짜 저한테 왜 그러세요? 계속 겁주실 거면 가세요!

술 간다 가!

담배 잘 살아라. 우리 없이 얼마나 건강하게 오래오래 사는지 두고 볼게?

술 뭘 두고 보기까지 해. 나는 이제 쟤 지도 기억 못할 모습 안 봐서 좋아. 속 시원해.

됐고요! 저 멀리 안 나가요!

술 야 그래도 나 마시고 우는 건 진상인데 쟤 가끔 울 때 나도 좀 슬펐어.

담배 진짜?

뭐라고요?

술 아, 아니야! 우리 갈게. 안녕!

풀빵과 찐빵

- 만물박사
- 붕어빵
- 잉어빵
- 국화빵
- 찐빵

날이 쌀쌀해지면 생각나는 빵들이 있습니다. 따뜻한 빵을 따뜻한 실내에서 만나면 더없이 따뜻할 테지만 이 빵들은 추운 길거리에서 만나서 더욱 따뜻하게 반길 수 있답니다. 붕어빵, 잉어빵, 국화빵, 찐빵…. 듣기만 해도 정겨운 겨울의 빵들. 이들이 때아닌 네임드 논쟁에 들어갔다 하여 공식적인 자리를 마련했습니다. 십원빵도 십 원에 팔리지 않는 시대. 유명해지면 똥을 팔아도 팔리지 않을까 생각하는 어리석은 인간이 이들을 중재할 수 있을까요?

안녕하세요. 오늘따라 많이 추웠는데 이렇게 귀한 분들을 한자리에 모시게 되어 영광입니다.

붕어빵 나만 온 줄 알았는데 아니었네?

잉어빵 하여간 그놈의 원조병은!

아… 저 분명히 모임이라고 말씀드렸는데요.

붕어빵 클래식은 영원하다!

잉어빵 클래스는 영원하다겠지.

국화빵 이러나 저러나 여기 있는 모두 한때 고전했던 건 매한가지거든요?

찐빵 저기요, 전 아니거든요?

아, 사실 따로따로 봬도 좋았겠지만 다함께 모여도 좋겠다 싶었어요.

붕어빵 혹시 본인 배만 채우는 시간이라면 관둬요. 안 그래도 이 일대 나를 발견한 인간들이 붕세권이다 뭐다 붙여서 정말 피곤했다고.

잉어빵 또 시작이다. 그렇게 불리는 데 내 공이 크다는 거 알면서 모르는 척하기는.

붕어빵 뭘 몰라. 편의상 붕어빵이라고 불리는 것만 봐도 네 존재감이 얼마나 작은지 너나 알아 두라고.

두 분 다 제겐 너무 큰 존재셔요. 국화빵님도 마찬가지고요.

국화빵 저까지 그렇게 신경 쓰지 않아도 돼요. 저는 이미 이 업계에서 유일무이한 꽃이니까.

찐빵 저기요. 저 아까부터 제가 여기 있어야 하나 싶거든요?

잉어빵 그러게 당신 풀빵도 아니잖아.

찐빵 제가 익어 가는 과정만 봐도 특별하다는 거 모르시겠냐고요.

잉어빵 알 필요가 있을까? 당신도 호빵에 밀리고 있는 게 현실이잖아.

찐빵 뭘 모르고 막말 뱉으시면 곤란하죠. 호빵은 제 애칭 같은 거고 우리 업계는 수요와 공급이 어느 정도 맞다 보니까 이쪽 시장처럼 격 없이 다투지 않는다고요. 우리는 각자 속사정은 물론 서로 다른 외모도 존중해요.

국화빵 격 없이 사이 좋게 지내기엔 우리 시장이 너무 열악하긴 하죠. 그쪽과는 다르게.

그래도 요즘은 카페나 집에서 직접 만들 만큼 풀빵 열풍이지 않나요.

잉어빵 열풍? 열풍의 숨은 주역은 따로 있는데 꼭 빛은 다른 곳에서 보더라. 내가 봤을 땐 다 가짜야 진정성이 없어.

붕어빵 내가 너 처음 봤을 때 그랬어. 묘하게 닮았는데 다르대. 내가 봐도 같은 건 아냐. 근데 기분이 나빠. 그래도 어떡해. 난 내 걸 해야지. 내 자릴 지켜야지.

잉어빵 나는 정말 당신과 달라. 다르다고. 당신은 붕어. 나는 잉어.

맞아요. 두 분의 매력이 제각각이라. 이런 예시가 적절한지는 모르겠는데 고구마로 따지면 붕어빵님은 밤고구마 쪽? 잉어빵님은 호박고구마 쪽인 것 같아요. 사람마다 취향이 갈리기도 하겠지만 저는 다 좋아요.

국화빵 그냥 다 오래갈 순 없을까요. 전 그게 좋은데. 예전처럼 거리에서도 생생하게 지내고 싶어요.

국화빵님은 정말 꽃말처럼 평화롭고 지혜롭게 지내시는 것 같아요. 그러고 보니 국화빵님도 그렇고 여기 계신 분들 모두 기억에 남는 외모를 갖고 있잖아요.

국화빵 풀빵들의 삶이 그렇죠. 틀에서 태어난 제 운명을 받아들이기로 했어요.

붕어빵 나는 가끔 진짜 붕어가 나처럼 생겼는지 궁금하더라고. 그래서 몇 번 봤는데 내가 확실히 귀엽긴 하더라.

잉어빵 와 진짜 엄청난 자기애다. 저도 궁금했어요. 진짜 황금잉어는 어떻게 생겼길래 나를 황금잉어라고 하는 걸까. 그래서 황금잉어를 찾아봤죠. 정말 황금 같더라고. 근데 문득 그런 생각이 드는 거예요. 내가 황금잉어를 어느 정도 닮은 것처럼 황금잉어는 황금을 어느 정도 닮은 건데. 그럼 둘 다 황금 없이는 설명이 불가한 걸까. 황금만 진짜인 걸까. 난 진짜예요. 진짜 황금잉어빵. 그래도 그게 다는 아니에요. 황금과 잉어만으로는 나를 설명할 수 없어요.

국화빵 저도 진짜 국화가 부러울 때가 있어요. 꽃모양이 새겨진 제 몸이 자랑스럽기도 하고요. 그래도 어쨌든 국화는 모르는 국화빵의 아름다움이 있는 거니까. 기죽지 말고 저로 지내봐야죠.

호빵 아니 찐빵님은요?

찐빵 음… 아시다시피 제 인상이 뚜렷하기보다는 밋밋한 편이잖아요. 그래서 그냥 누군가의 눈에 어떻게 보이느냐 그런 것보다는 누군가가 나를 따뜻하겠구나 하고 바라봐 줄 때 뭔가 선명해져요. 상품명이긴 해도 호빵이라 불리는 거 좋아요. 나쁘지 않아요. 찜기에 들어 있는 시간만큼 누군가에 손에 들려서 호호 불어오는 입김에 천천히 적당한 온도를 찾아가는 순간 태어나길 잘했다는 생각이 들어요.

붕어빵 나도 따뜻할 때 누군가가 찾아 주면 고마워.

잉어빵 웬일로 마음이 통했지.

국화빵 저도 그래요. 여기 있는 우리 모두 추위와 배고픔을 잘 알잖아요.

찐빵 너무 잘 알죠.

저도 오늘처럼 이렇게 추운 날 집까지 걸어가는 길에 여러분을 만나면 그냥 반가워요. 인생에 그런 날 그렇게 부담스럽지 않게 다가오는 것들이 몇 개나 있겠어요. 그런 인연과 그런 일들은 정말 소중해요. 앞으로 쭉 계셔 준다면 좋겠어요. 어느 거리에나 어느 품에나.

커피

- 만물박사
- 커피

커피는 물보다 진합니다. 가끔 저 사람 혈관에는 피가 아니라 커피가 흐르고 있는 거 아닐까 싶을 만큼 카페인을 과다 수혈하는 이를 볼 때가 있습니다. 저도 무언가 각성한 상태로 일에 매진해야 할 때 그렇게 커피를 마시는 사람 중 한 명인데요. 가끔 디카페인 커피를 마실 때 나는 과연 커피를 좋아하는 사람인 걸까 궁금하더라고요. 저는 요즘 산미가 있는 커피를 즐겨 찾고 있습니다. 여러분의 커피 취향이 궁금하네요. 커피를 정말로 좋아하시는지도요.

커피　　저 전부터 궁금한 게 있었는데요. 저를 찾는 이유가 왜 이렇게 대중없는 거예요?

네? 그냥 마시고 싶을 때마다 찾긴 했던 것 같은데….

커피　　제가 보니까 크게 두 가지로 갈리긴 하더라고요. 각성하고 싶을 때랑 대화나 여유를 만끽하고 싶을 때? 근데 그 두 개의 편차가 너무 커서 당황스럽긴 하더라고요.

맞아요. 말씀하신 두 순간에 다 생각나긴 해요.

커피　　솔직히 각성하고 싶을 때 저를 찾는 사람들 보면 좀 슬퍼요. 과로하는 사람들한테 솔직히 저보단 잠이 더 필요한 것 같거든요.

그건 맞는데 당장 해야 하는 일 앞에서는 어쩔 도리가 없는 걸요.

커피　　그럴 때 제가 도움이 된다는 거죠?

네. 돼죠.

커피　　근데 제 기분은 영 찜찜해요.

그러고 보니 저도 일할 때 마시는 커피랑 쉴 때 마시는 커피랑 맛은 같아도 와닿는 게 다른 것 같아요.

커피　　저를 찾아 주는 건 고마운데 일할 때야말로 차나 물을 마시는 게 어떨까 싶어요.

건강 생각해 주시는 건가요.

커피　　적당히 마시면 괜찮은데 꼭 일할 때 과하게 저를 찾는 사람들이 있어서 그래요.

맞아요. 뭐든 적당하면 될 텐데.

커피 　그래도 뭐 가끔은 그렇게라도 바쁜 사람들 곁에 머물 수 있어 다행이라는 생각이 들어요. 그 사람들 씁쓸한 마음을 어느 정도 대변해 주고 있다는 느낌이 드니까.

그리고 왠지 커피 마시면서 일할 때는 뭔가 일에 심취하고 있다는 느낌이 들어서 좋아요.

커피 　그거 다 환상일지도.

뭔가 집중하고 싶은 순간에 찾는다는 건 그만큼 사람들 생활에 깊숙이 스며들었다는 반증인거죠.

커피 　뿌듯해야 하는 건가.

충분히 그래도 될 것 같은데요.

커피 　그래도 전 사람들이 누군가와 대화를 할 때나 독서할 때, 그냥 쉬고 싶을 때 찾아 주는 게 좋아요.

그건 저도.

커피 　저 처음 마셨을 때 기억나요?

아… 어른들이 좋아하는 믹스커피가 처음이긴 했는데.

커피 　그것도 맛있죠.

맞아요. 카페에서 처음 뜨거운 아메리카노 먹었을 때가 스무 살 됐을 때였거든요.

커피 어땠어요 그때?

아 이거 무슨 맛으로 먹는 거지?

커피 근데 어느새 중독됐네요.

사실 요즘도 공복일 때는 피하거든요.

커피 아 막 심장이 두근거리나?

네 그렇더라고요.

커피 디카페인도?

네. 분명히 디카페인인데도 기분 탓인지 그래요.

커피 그래도 과하게 마시는 것 같진 않네요.

다행이죠. 아무튼 그때 마시고 조금 익숙해지면서 뭔가 숭늉 같은 맛을 느꼈거든요?

커피 숭늉?

네. 뭔가 추운 날이기도 했고 속을 풀어 주는 듯한 느낌이었어요.

커피 해장하는 기분이 든 건가.

비슷한 것 같아요.

커피 그런데 요즘은 곧 죽어도 아이스로 마시지 않나요?

요즘은 식혀야 할 열이 많아서.

커피 이미 버린 속이 그려지네요.

슬프네요.

커피 가장 좋아하는 커피는 뭐예요?

요즘은 콜드브루요.

커피 만드는 과정조차 뜨겁지 않은 걸 좋아하게 되다니.

그렇게 됐습니다. 그래도 또 뜨거운 커피를 찾고 싶은 날이 있어요.

커피 향과 온도, 맛과 농도. 원하는 대로 변주를 주면서 최대한 다양한 커피를 경험해 보는 것을 추천해요.

그러려고요.

커피 저랑 잘 붙는 것들이 많지만, 그중에 세 가지를 좋아해요. 음악, 대화, 풍경.

아 정말 좋죠.

커피 네. 그 세 가지 만큼 사람의 기분을 잘 헤아려 주는 게 없다고 생각해요.

그렇죠.

커피 제 역할도 그렇지 않을까 싶어요. 저를 찾는 순간이 대중없는 것도 그런 이유겠죠.

맞아요. 살아 있는 느낌을 주니까.

커피 네. 가능하다면 각성이 필요한 순간보다는 그런 때에 오래 머물고 싶어요.

껌

‣ 만물박사
‣ 껌

껌을 씹고 싶을 때가 있습니다. 껌을 씹다가도 이러다 턱 근육이 발달되는 건 아닐까 두려울 때도 있습니다. 씹고 씹다가 어떻게 뱉을까 혹은 삼킬까 고민할 때도 있습니다. 생각해 보면 씹고 싶어도 평생 씹고 싶은 껌은 없는 것 같습니다. 그런 껌이 있다면 또 말이 달라지겠지만요. 가장 최근에 씹었던 껌은 졸음껌입니다. 누군가의 입속에서 껌은 어떤 생각을 하면서 씹히고 있을지. 일단 제 입속에 있던 껌을 마저 씹어 보려고 합니다.

껌　　몇 번 씹고 뱉을 거예요? 아니다. 단물 빠지면 뱉을 텐데 내가 괜한 질문을 했네요.

어째 씹히는 것보다 버려지는 걸 두려워하시는 것 같아요.

껌　　씹히기 위해 태어났으니까 씹히는 건 두렵지 않죠.

전 무심결에 삼킬까 두려워요.

껌　　삼킨다고 그렇게 큰일은 일어나지 않을 거예요.

잘못 뱉어서 누군가의 머리카락에 들러붙거나 바닥에 들러붙는 것도 싫어요.

껌　　그건 나도 싫어요.

으… 잠깐 상상해 버렸어요.

껌　　상상하지 마요. 근데 왜 나를 씹게 된 거예요?

답답해서요.

껌　　초조함에 찾은 거구나.

네. 초조할 때 다리를 떠는 것과 비슷해요.

껌　　풍선껌 씹다가 불어도 봤고?

그렇죠.

껌　　졸음껌도 씹어 봤고?

네. 콧속이 뻥 뚫리는 기분이 들어서 좋더라고요.

껌　　못 견딜 것 같은 초조함에 나를 찾은 거라면 정말 단물 빠진 상태는 못 참겠다.

솔직히 단물 빠진 상태로 계속 씹을 자신은 없어요.

껌 대개 많은 사람이 그래요. 그때 뱉죠.

어느 날 껌자국이 많은 길 위를 걷다가 그런 생각을 했어요.

껌 무슨 생각이요?

이 무수한 검은 온점들이 기억하고 있을 지루함의 잇자국들은 몇 개일까, 생각만 해도 소름 돋는다. 그런 생각이요.

껌 칼로 다 긁어내도 그 잇자국들은 사라지지 않겠죠.

그런 생각하면 우울해져요.

껌 평소에 권태로움을 느낄 땐 어떻게 해요?

글쎄요.

껌 제 생각에는 다리를 떨거나 저를 씹는 행동이 궁극적인 해결책은 아닌 것 같거든요. 저는 저를 감싸고 있던 포장지에 문구가 하나씩 들어가기 시작한 때를 기억해요.

예전에는 짧은 만화나 판박이도 들어가 있지 않았나요.

껌 맞아요. 그거 다 사람들의 기획이잖아요.

그렇죠.

껌 그런 작은 메시지나 이벤트들이 중요한 것 같아요.

권태로움에요?

껌 네. 바로 듣진 않아도. 이게 뭐야 유치하네 싶어도요.

맞아요.

껌 저 씹는 거 처음에는 재밌어도 계속 씹으면 너무 지치고 이러다가 턱 근육이 발달하는 거 아닌가 걱정돼서 불쑥 뱉는 사람들 많이 봤거든요? 참 그런 변덕으로 잘 살아갈 수 있을까 싶다가도 사람들의 그런 변덕이 되려 사람들을 살리기도 하는 것 같다는 생각을 한 적이 있어요.

오래 견디는 게 능사가 아닐 때도 있으니까요.

껌 그러니까요. 그래도 얼마간 씹은 껌이 있다면 종이나 휴지에 잘 감싸서 버리는 책임감이 필요한 것 같아요.

맞아요.

껌 자신이 느끼는 충동들. 그로 인한 여파를 알고도 수습할 수 없어 우발적으로 뱉게 되는 말과 행동들이 꼭 문제가 되니까요.

그렇게 뱉느니 차라리 삼키는 게 낫겠네요.

껌 아까 그렇게 큰일은 안 날 거라 했지만, 너무 자주 삼키면 큰일이 날 수도 있다는 거 잊지 마세요.

2장

사연 없는 사람 없듯이 사연 없는 사물도 없어서

막다른 길에서

- 만물박사
- 막다른 길

언젠가 오랜만에 만난 친한 언니가 물었습니다. 너 아직도 그 언덕 있는 동네 막다른 길에 사니? 그날 집으로 돌아오던 길. 새삼 궁지에 몰린 기분이 들었습니다. 트여 있는 기분을 느끼고 싶다는 생각도 했던 것 같습니다. 그러기 위해서 이사라도 가야 하나 싶었죠. 공교롭게도 저는 지금 머무는 곳까지 총 세 번이나 막다른 길에 놓인 집을 경험하고 있습니다. 무엇이 저를 자꾸 막다른 길로 인도하는 것인지. 오랜만에 동네 산책을 하다가 또 다른 막다른 길을 만났습니다.

막다른 길 어서 오세요. 여기는 막다른 길입니다. 저는 저를 여기라고 부르는 걸 좋아해요.

어? 저도 그래요. 식당에 가거나 가게를 가면 여기요 하고 본론을 말하는 편이에요.

막다른 길 그나저나 무슨 일로 여기까지 오셨어요?

그냥 걷다 보니 여기까지 왔어요.

막다른 길 좀 정처 없이 걸어 다니는 편이신가 보다.

네, 뭐 그런 편이죠. 그러고 보니 최근 제가 살았던 곳들도 막다른 길에 위치해 있었어요. 지금도 그렇고요. 그래서 그렇게 낯설지 않아요. 막다른 길이라고 적혀 있는 이런 아스팔트.

막다른 길 좀 지저분하죠?

아뇨, 거친 사포에 하얀 초를 문댄 것 같고 좋아요.

막다른 길 그게 대체 무슨 말이에요?

막다른 길이라는 어감이랑 대충 질감이 맞아서 좋다. 그런 말이에요.

막다른 길 느낌 엄청 따지시는 분이 어쩌다가 막다른 길에 있는 집을 얻으신 거죠? 대로변은 시끄럽다고 해도, 여기는 너무 조용하지 않나? 좀 으슥하기도 하고.

솔직히 예전에는 좀 답답했어요. 밤이면 좀 무섭기도 하고, 근데 뭐 저만 이런 곳에 사는 것도 아닐 텐데. 어디든 다 사람이 살더라고요.

막다른 길 맞아요. 내가 여기 있으면서 여러 사람 겪어 봤는데 그쪽 같은 사람이 잘 이해할 것 같더라고.

뭘요?

막다른 길　인생 별거 없다. 뭐 그런 거요.

별거… 있었으면, 있을 거면 많았으면 좋겠는데….

막다른 길　좋은 걸로 있었으면 하는 거잖아요.

맞아요. 당연한 거 아녜요?

막다른 길　당연한 걸까요? 어떤 길은 돌아 나와야만 이어질 수도 있죠. 이 길은 막혀 있어서 절망적으로 보일 수도 있지만 그런대로 희망이 있어요.

희망이 있다고요?

막다른 길　네. 단지 이렇다 할 계획이 없어서 이 상태인 거예요. 해외에 나가면 좋은 케이스가 있어요.

막다른 길의 좋은 케이스라… 이런 길 다 거기서 거기인 줄 알았는데. 길도 사람처럼 떠나 봐야 좋은 걸 아나봐요?

막다른 길　아까 제가 말씀드린 거 잊었어요? 어떤 길은 돌아 나와야만 이어져요. 돌아 나오는 곳이구나 생각하세요. 자신을 생각할 때는 특히 더 그래야만 해요.

바다 건너 어떤 나라엔 정말 좋은 막다른 길이 있어요?

막다른 길　맞아요. 쿨데삭Cul de sac이라고 미국이나 덴마크에서는 루프형으로 주택가의 막다른 길을 설계하기도 해요.

오… 끝에 고리처럼 길을 정비한 거네요?

막다른 길 네. 고리 느낌 하나 주었을 뿐인데 여기가 끝이 아니라는 안도감을 주죠. 꼭 막다른 길이 아니더라도 모든 길 끝에서는 계획을 다시 세워야만 해요. 트인 길이라도 내가 가고 싶지 않은 길일 수도 있잖아요. 이제까지와는 다른 방식이어도 좋고, 이제껏 세워 보지 않았어도 괜찮아요.

도무지 막막해서 여기서 스스로 끝낼 생각이라면요?

막다른 길 아무래도 그런 생각이 드는 사람들이 있겠죠. 여기 있으면서 저도 많이 봤어요. 그 사람들에게 별다른 도움이 안 되는 것 같아 마음이 안 좋아요.

가끔은 제가 아무리 잘해도 상황이 안 따라줄 때가 있는데 요즘 딱 그런 것 같아요.

막다른 길 그렇다고 특별히 누가 괴롭히는 것도 아닌데 그럴 때가 있죠.

오 맞아요. 드라마로 따지면 악역도 없는 건데 주인공 혼자 안 좋은 상황에 빠져 있는 것처럼.

막다른 길 주어진 환경이 악역일 때도 있어요. 환경이 빌런을 도맡는 거죠.

더없는 노잼 시기라 해야 하나. 뭐 하나 더 나아지지 않을 것 같다는

Hi
막다른길

생각이 깊은 우울로 이끄는 것 같아 좀 무서워요.

막다른 길 그럴 땐 나와서 좀 걸어요. 오늘처럼요.

나와서 걸으면 좀 나아지나요.

막다른 길 나아지죠.

어떻게 그렇게 확신할 수 있어요?

막다른 길 나아질 거니까요. 저는 그렇게 믿기로 했어요. 미래를 알 수 없다고 단념부터 하면 미래도 부딪쳐 빠져나올 방법을 못 찾을 텐데. 내가 알려 줘야죠. 여기 지금까지는 이렇게도 빠져나와 봤다. 빠져나올 수 있더라. 힘들지만요.

쉽지 않은 결심을….

막다른 길 마음도 급하게 먹으면 체해요. 나쁜 마음을 덜컥 먹으면 안 되는 것처럼 좋은 마음도 덜컥 먹어선 곤란해요. 특히나 스스로 굶주려 있을 때는 더욱 천천히 먹어야 해요. 좋은 마음이니까 그 맛을 온전히 다 느껴야지 생각하세요.

네. 온전히.

막다른 길 다시 길을 찾을 거예요. 가끔은 지도에 없는 길도 만날 거고요.

화분살이

▸ 화분

화분 안녕하세요. 저는 화분입니다. 가끔 자라나는 식물의 크기를 감당할 수 없어 분갈이를 당하곤 합니다. 식물의 입장에서는 이사하는 것일 테죠. 사람의 손을 타지 않고 자연에서 자랐다면 번거롭게 제게 왔다 갈 일도 없었을 텐데….

지금까지 만났던 식물들을 기억합니다. 그들은 마치 지방에서 서울로 올라와 방을 구한 사람들 같았어요. 빠듯한 살림에도 살뜰하게 살아가는 모습이 보기 좋았습니다. 그러나 몇몇 식물이 바람을 못 쐬어서, 혹은 한

꺼번에 많은 물을 마셔서 수척해지거나 잔뜩 늘어진 모습으로 저를 떠날 땐 슬펐어요.

식물을 잘 돌보는 사람은 대체로 생활력이 좋은 편인데요. 자신의 공간에 저를 들였을 땐 분명 생생한 날들을 보내고 싶은 바람이 있었을 거예요. 이 사람이 나를 잘 돌봐 줄까 하는 걱정도 크지만 그저 응원할 수밖에 없어요. 참 사랑스러운 마음이잖아요.

살아 있는 기분을 만끽하는 건 좋은 일이에요. 그러나 스스로 과욕을 부리다 이내 잠식되는 사람들이 있더라고요. 무언가 자기 삶에 들일 때는 책임감이 있어야 하는데. 꼭 제가 아니더라도 많은 걸 들이다가 중요한 걸 놓치더라고요. 인간은 바쁘다는 이유로 자주 나빠지는 것 같아요.

제가 화분으로 살면서 깨달은 게 있어요. 그 어떤 공간보다도 자신의 마음을 공간처럼 돌보고 가꿀 때 삶이 되살아난다는 사실인데요. 식물을 키우듯 계절과 날씨 같은 주변 환경의 미세한 변화를 알아차리고, 좋고 나쁜 것에 감응하면서 상생하려는 노력. 그 노력을 하는 사람이 결국 잘살더라고요.

창가에 가만히 놓여 있는 식물도 햇빛이 들어오는 방향을 기가 막히게 알고 손을 뻗어요. 물론 많은 볕을 보지 않아도 꿋꿋하게 잘 자라는 식물들도 있지요. 각자 살아가는 방식이 있는 것 같아요. 사람도 그렇겠지요?

한 가지 확실한 건 자신을 잘 모르면 생생함을 잃는다는 것. 저를 들인 사람에게만큼은 꼭 알려 주고 싶어요.

담과 덩굴의 연애

- 만물박사
- 담
- 덩굴

무엇이 있어 무엇이 있다는 사실을 깨달은 적이 있나요? 두 대상이 꼭 붙어 있어야만 하는 건 아니지만, 붙어 있으니 새삼 아름답다 느낀 적이요. 짝을 이룸으로써 자신의 존재를 더욱 굳건히 하는 존재를 볼 때면 신기합니다. 왼쪽이 오른쪽을 만나 균형을 찾은 것처럼 바로 선 인연들. 사물의 세계에서도 바늘과 실 못지않은 커플이 꽤 있다고 들었습니다. 그중에 서로 만나지 못했다면 사랑과 담쌓을 뻔한 한 커플을 만났습니다.

담 안녕 난 담!

덩굴 안녕 난 덩굴이야!

두 분 방금 인사 뭐예요? 덤 앤 더머도 아니고.

담 귀엽지 않음?

귀엽네요. 두 분은 언제 봐도 사이가 참 좋아요.

덩굴 좋을 수밖에.

한쪽이 뻗으면 한쪽이 받쳐 주고….

담 우리 사이에 기브 앤 테이크는 없어.

덩굴 서로 주기에도 바빠.

그래도 어느 한쪽이 더 많이 주고 있는 게 아닐까요?

담 내가 일방적으로 받쳐 주는 거라고 생각하나 본데 전혀 아님.

아니라고요?

덩굴 나도 주는 게 있어. 풍경.

담 웬만한 낙서보다 낫잖아.

덩굴 아니지. 어떻게 나랑 낙서랑 비교할 수 있어?

담 비교를 하다니 오해야.

좋아하면 오해가 생기죠.

담 좋아하면 이해를 하고 싶지.

덩굴 또 그만큼 이해받고 싶은 마음도 크고.

저 때문에 다투고 그러지 마세요.

덩굴 우리가 그런 이유로 흔들릴 사이로 보여?

아뇨.

담 난 원래도 잘 안 흔들려.

덩굴 뭐야? 너무 멋지잖아.

담 우리 덩굴은 또 유연한 게 매력이지.

덩굴 매일 이렇게 잎이 마르게 칭찬해 주니 그저 고마워.

잎이 아니라 입 아니에요? 잎이 마르면 안 되는 거잖아요.

덩굴 안 될 게 어디 있어. 사랑하는 사이에. 그리고 이건 우리만의 은어야.

둘만의 언어를 몰라봐서 죄송합니다.

덩굴 죄송할 건 없고.

담 우리 덩굴이 칭찬을 더 하자면 유연해도 줏대 있어. 그래서 좋아.

덩굴 부끄러운데 좋네.

두 분은 서로 의지할 때 불안함은 없어요?

담 불안함? 음… 굳이 꼽자면 내가 더 큰 담이 아니라는 거?

덩굴 충분히 크거든요. 난 혹시 나 때문에 답답할까 걱정돼.

담 하나도 안 답답해. 정말로.

그, 그만….

덩굴 우리가 낯간지럽나 보네.

담 사랑에 익숙지 않은 모양이야. 조금 더 자랑을 하자면 그냥 나 혼자 있으면 사람들이 보지도 않고 지나갈 텐데 덩굴이 함께 있어서 조금 더 지켜봐 주는 느낌이 든다니까. 근사해진 기분도 들고.

덩굴 나도. 나 혼자라면 어떻게 이렇게 넓어질 수 있겠어.

서로 아끼면서 칭찬은 아끼지 않는 모습… 훈, 훈훈합니다!

담 만물박사는 평소에 칭찬 잘해?

가까운 사이일수록 칭찬 주고받는 게 더 어렵더라고요.

담 아니 왜?

덩굴 아직 사랑을 모르는 것 같아.

저도 알아요.

덩굴 뭔데!

그게… 음… 묵묵하게….

담 말하지 않아도 아는 초코파이 같은 거 하고 싶나 보네.

덩굴 광고가 사람들을 버렸네 버렸어.

담 그렇다고 초코파이를 비난하는 게 아니고.

덩굴 그래 그거 맛있는 거 우리가 모르는 것도 아니고.

아니면….

담 뭐 그냥 미안하면 미안하다. 사랑하면 사랑한다.

덩굴　〈눈의 꽃〉가사처럼 응?

무엇이든 주고 싶은 그런 게 사랑인 줄 배워야 한다고요?

덩굴　응 그래 그거. 눈치는 참 빠르네.

근데 백날 말만 하면 뭐해요. 행동이 중요하지.

담　이 사람아! 사랑하는 사이에 말이 물이라는 걸 왜 몰라. 물을 줘야지.

덩굴　그거 몰라? 양파도 예쁜 말 들은 양파가 더 예쁘게 자란다는 거.

그래도 전 입만 산 사람은 싫어요.

덩굴　왜 이렇게 극단적이야.

담　냅둬. 입도 살고 마음도 살리는 그런 사람 겪으면 재도 알겠지.

덩굴　근데 재 말도 일리가 있어. 믿을 수 있는 말이 곧 예쁜 말이니까.

담　그렇네. 그럴라면 행동은 디폴트네 디폴트야. 사랑의 기본값은 행동이네.

고흐는 모르는 어느 현관 이야기

‣ 현관

현관 풍문으로 전해들은 저에 대한 풍수지리설입니다.

하나, 제 주변에 많은 걸 놓아 두면 안 됩니다.

둘, 신발은 가지런히 놓아 주셔야 합니다.

셋, 신발장이 있다면 신발을 꽉 채우지 마세요.

넷, 제게 젖은 우산을 맡기지 마세요.

다섯, 문을 세게 닫지 마세요.

여섯, 향기로움을 유지하세요.

일곱, 문과 거울을 마주 보게 배치하지 마세요.

여덟, 조명은 밝으면 밝을수록 좋습니다.

아홉, 해바라기 그림을 걸어 두세요.

재물운이 올라간다고 합니다.

분명 이 이야기를 접하고 해바라기 그림을 걸 분이 있겠죠. 사실 몇 해 전 저도 받았습니다. 금메달 시상하듯 만물박사가 미소 지으며 걸어 준 고흐의 해바라기는 기묘했습니다. 인상파 그림답게 인상적이긴 했지만 재물운을 높이려면 조금 더 밝은 느낌의 해바라기를 걸어야 하지 않나 싶었죠.

먼 미래에 먼 나라 사람이 재물운을 높이기 위해 집 현관에 이 그림을 걸 거라는 이야기를 들었다면 고흐는 어떤 표정을 지었을까요?

과연 이런 속설이 효과가 있겠나 하실 겁니다. 효과가 있든 없든 저는 사람들이 무리하지 않은 선에서 뭐라도 해 보는 게 좋아 보입니다. 신의 입장에서 그저 귀엽구나 싶을 정도로 작은 희망을 품고 있다면 건강한 삶을 살고 있다는 생각이 들더라고요. 한 주간 일을 마치고 기다리는 로또 한 장의 결과처럼요.

그러나 삶을 행운이 따라야 하는 일들로 온통 채우는 일은 하지 않으셨으면 합니다. 요즘도 그런 집이 있는

지 모르겠지만, 좋았던 추억이 있어요. 제가 보는 곳에서 배웅과 마중 인사를 나누는 사람들을 봤을 때가 그랬거든요.

혼자 살아서 인사 나눌 사람이 없더라도 속으로 그 말을 삼키고 길을 나섰다 돌아오는 건 어때요? 어떤 풍수지리보다도 무사함을 바라는 인사가 더 좋은 기운을 불러오지 않을까 하는 믿음을 가져 보는 거예요.

고흐도 몰랐듯이, 여러분도 자신의 인생에서 하나씩 남길 행운의 유산이 있을 거예요.

가전 체인지 완전 체인지

- 만물박사
- 냉장고
- 에어컨
- 서큘레이터
- 세탁기
- 식기세척기
- TV
- 로봇청소기
- 음식물처리기

꼬박꼬박 할 때는 티도 안 나다가 한 번만 건너뛰어도 잔뜩 티가 나는 일이 있죠. 제게는 집안일이 그렇습니다. 쓸고 닦고 돌아서면 밥해야 하고, 설거지하면서 빨래도 해야 하고, 분리수거하며 쓰레기를 모아 버려야 합니다. 이런 일상을 지내면서 그나마도 가전이 있어서 다행이라는 생각을 했는데요. 제가 고용한 가장 든든한 살림꾼들은 저와 같이 지내는 날들을 어떻게 생각하고 있을지. 기대 반 두려움 반이지만 언젠가 물어는 봐야겠죠?

냉장고 자 오늘 그분의 체감 온도가 어제보다 높을 예정이니까 에주임이 신경 좀 써 줘요. 알겠죠?

에어컨 네넵~.

냉장고 자잘한 거는 인턴한테 맡기고.

에어컨 네엡~.

서큘레이터 저요?

냉장고 그래요. 선 씨라고 했나?

서큘레이터 저 선 씨 아니고 서 씨요. 서! 큘레이터요!

냉장고 아… 에주임 있기 전에 선풍기라는 친구가 있었는데 난 또 그 친구랑 닮아서 형제인 줄 알았네. 쏘리.

서큘레이터 전혀 다른데….

세탁기 많이 다른갑네? 여하튼 요즘 엠제트들은 역시 남달라. 그치 에주임?

에어컨 아핫 넵~.

식기세척기 에주임은 넵 없으면 어떻게 대답도 못해?

에어컨 넵?

세탁기 하… 이 식기 왜 또 부사수한테 시비야. 잘 좀 해라. 직장 내 괴롭힘으로 신고 당하고 싶냐.

식기세척기 안 그래도 속에서 접시 깨질 듯이 일이 많아서 그렇죠.

세탁기 그래도 빨래는 내가 다 맡잖냐. 가뜩이나 과장돼서 보고할 일도 쌔고 쌨는데 실무까지 병행하는 나는 어떻겠냐. 어?

식기세척기 아니 그니까요. 우리는 이렇게 매주 요동치듯 바쁜데. 여름에 바짝 바쁠 때 그거 좀 애쓰는 거 가지고 부장님이랑 과장님이 계속 에주임 눈치를 보니까. 제 기분이 좋겠냐고요.

세탁기 요즘 여름이 얼마나 길어졌냐? 그리고 오죽 더워야 말이지. 수건도 두세 개씩 쌓일 때 있지. 어디 외출 안 할 때도 하루 이상 입는 옷이 없어요 글쎄. 근데 봐라. 에주임 입사하고 그래도 이 날씨 대비 그분 인상 쓰는 날이 줄지 않았냐.

식기세척기 그건 그렇지만… 아 그래도 재랑 똑같은 업무를 나눠 할 수 있는 것도 아니라서 저도 고단하다고요.

세탁기 너 이 식기 진짜 에주임한테 잘해야 돼. 말하자면 우리는 가족회사라서 그분 눈치 봐서 일 잘하는 게 최고야 알겠냐?

식기세척기 아 알겠다고요. 에주임 미안.

에어컨 앗 넵!

식기세척기 아 좀! 다 알겠으니까 그 넵 좀 그만 베리에이션 해라.

에어컨 넵넵~.

TV 식대리 기분 풀어. 내가 재밌는 거 보여 줄게. 요즘 핫한 예능인데, 겁나 웃기다니까 진짜?

식기세척기 아 거참 됐어요. 누가 누구처럼 한가한 줄 알아요?

TV 헐 설마 그 누가 식대리야?

식기세척기 진짜 이놈의 회사 때려치든가 해야지.

냉장고 잠깐만 누가 온 것 같은데. 아 맞다. 오늘 면접인데! 내가 깜빡했네. 누가 가서 면접자 좀 맞아 줘요. 나 얼음 냉각만 하고 바로 갈게. 쏘리.

식기세척기 신입! 신입! 신입이 좀 데리고 와요.

로봇청소기 제가요?

식기세척기 응 니가요.

로봇청소기 저 지금 바쁜데요.

식기세척기 쫌! 두 번 말하고 두 번 일하게 하지 맙시다.

로봇청소기 내가 꼭 이 바닥 뜬….

식기세척기 미안한데 다 들리거든?

TV 헐 신입 바닥 사랑해서 기어다니는 거 아니었어? 나 그동안 신입을 너무 귀엽게 봤나?

서큘레이터 에주임님 저 진지하게 인턴 끝나면 취직 생각했었는데 여기 분위기 원래 이래요?

에어컨 넵~.

서큘레이터　저 이럼 못 다니는데.

왜요. 왜 못 다녀요. 무슨 일 있어요?

냉장고　대표님 잘 다녀오셨어요?

응 냉부장. 고마워요. 밖에 면접 보러 온 분이 있어서 같이 들어왔는데 냉부장한테 맡겼던 음료수가 어디 있더라.

냉장고　잠시만요. 여기.

서큘레이터　대표님! 너무 서윗하세요.

세탁기　오 선인턴~ 사회생활 좀 할 줄 아는데~

서큘레이터　선 아니고 서요, 서!

세탁기　그래, 서. 그래서 내가 팁 하나 줘도 될까?

서큘레이터　팁이요?

세탁기　대표님은 아부 싫어해.

서큘레이터　지금 웃고 계신데요?

세탁기　서인턴 민망할까 봐 그런 거지. 잘 봐.

서큘레이터　잘 봐도 진심으로 웃고 계신데요?

세탁기　서인턴 아직 갈 길이 멀었다. 사람 제대로 보려면 아직 멀었네.

서큘레이터　그래서 그런데 저 이만 들어가도 될까요? 대표님이랑 에주임님 봐서 더 다니려고 했는데 고민 좀 해야 할 것 같아요.

제가 없는 사이에 무슨 일이 확실히 있었던 것 같은데….

에어컨　　넵~.

냉장고　　아, 아닙니다. 거 에주임 어느 정도 시원해지면 에주임도 서인턴이랑 같이 퇴근하세요.

세탁기　　부장님 저 내일 연차 쓸 수 있을까요?

냉장고　　연차 쓴다고 하루 전에 말하면 어떡하나 세과장.

세과장 그래요. 빨래는 마침 내가 주말에 하려고 했어요.

세탁기　　그럼 저 계속 주말에….

주머니 사정이 좋지 않아서 일을 시작했는데 시간이 주말밖에 안 되네요. 미안해요 진짜.

세탁기　　괜찮아요. 그래도 평일이랑 밤에 쉬니까요.

냉장고　　세과장이 정말 열심히 합니다. 대표님.

알죠. 그래서 이번에 특별히 얼룩 잘 벗기는 세제로 골라 왔어요. 맘에 들지 모르겠네.

세탁기　　너무 맘에 듭니다.

너무 맘에 든다니 다행이네요. 그럼 우리 면접 볼까요?

냉장고　　네. 대표님 들어가시죠.

음식물처리기 아, 안녕하세요.

안녕하세요. 아이고 너무 오래 기다리셨죠.

음식물처리기 아, 아뇨.

냉장고 여기 음료수. 편하게 드세요.

음식물처리기 감사합니다.

이번이 경력직 면접이던가요?

냉장고 네, 아무래도 제가 맡은 식재료가 많고 대표님이 외부에서 식사를 하시는 날이 늘어나면 보고해도 감당 안 되는 일들이 많더라고요.

그렇지. 이번 채용 공고는 그래서 냉부장 이야기 듣고 제가 직접 써서 올린 건데 혹시 그걸 보고 오신 건가요?

음식물처리기 맞습니다.

어떻게 읽었는지도 좀 궁금한데 말씀해 주실 수 있나요?

음식물처리기 역시 글쓰는 분이라 채용 공고인데도 마음을 끄는 부분이 있더라고요.

헛 그런가요?

냉장고 대표님이 글 쓰시는 건 어떻게 아신 건지?

음식물처리기 아 저랑 같은 온라인 쇼핑몰에 있던 파쇄기님에게 들었습니다.

아 그 친구!

냉장고 대표님이 진짜 아끼던 직원이었는데 얼마 전에 퇴사했어요.

음식물처리기 들었습니다.

혹시 퇴사 사유도 들었나요?

음식물처리기 아아….

아 제가 괜한 질문을… 너무 고생만 하다가 나간 친구라 늘 마음에 걸려서요.

음식물처리기 일이 많다고 듣긴 들었어요.

그 친구는 특히 페이퍼 워크가 많았지.

음식물처리기 네, 문서 작업이요.

냉장고 입사하면 어떤 일을 해야 하는지는 알고 있죠?

음식물처리기 네, 잘 알고 있습니다.

냉장고 역시 경력직이라 척하면 척이네요.

그러니까요. 딱 봐도 일 잘할 것처럼 생겼어요.

음식물처리기 아….

냉장고 아, 대표님 말씀은 나쁜 의도가 아니라….

음식물처리기 괜찮습니다.

괜찮다라… 정말로 우리랑 같이 일해도 괜찮겠어요?

음식물처리기 네, 괜찮습니다.

여긴 또 다른 종류의 묵묵함인 것 같은데, 그렇죠 냉부장.

냉장고 정말 그렇네요. 아, 대표님 스스로 묵묵하게 일하는 사람을 인재라고 손꼽는 경향이 있으셔서 직접 가전을 고용할 때도 그 점을 높이 사고 있거든요. 자소서 보니까 저소음으로 일하는 편이라고.

음식물처리기 네. 맞아요.

오 너무 귀한 분이시네요. 사실 외주 개념으로 종량제 봉투를 쓰고 있다가 이렇게 또 한 분을 들이는 게 맞나 싶었는데 좋네요.

냉장고 에너지소비효율등급도 그렇고 이미 지원서에 저희가 필요했던 내용들이 잘 적혀 있어서 오늘 면접이 좀 빠르게 끝날 것 같았는데 제 예상이 맞았네요. 대표님 혹시 더 하실 질문이 있으신지요?

아 없어요. 이제 저 나가면 두 분이서 희망 연봉 이야기 나눠 봐요. 나는 새로운 분 맞았으니 또 나가서 열심히 돈 벌어 와야지.

음식물처리기 밖에서 보실 일이 많으세요?

아, 요즘 전기세도 만만치 않고 좋은 분들과 함께하려면 제가 이 정도는 감수해야죠.

음식물처리기 너무 무리하게 사업 확장하시는 건 아니죠?

대표의 재정 상태 중요하죠. 제가 면접을 보는 입장이어도 충분히 걱정될 것 같은 말을 했네요. 저도 괜찮습니다. 편리하게 살 생각으로 여러분을 모셨지만 삶의 편의가 좋아지는 방법은 따로 있더라고요. 결국 저는 제가 모신 분들의 능력을 믿고 제가 할 수 있는 최선을 다할 수밖에 없어요. 아무리 세상이 편리해졌다고 해도 편리한 것이 삶의 전부가 되어선 안 되겠더라고요.

냉장고 제가 대표님이랑 오래 일한 가전으로서 말씀드릴 수 있는 건 하나예요. 대표님은 생활을 중요하게 생각하는 사람이에요. 우리는 그 중요한 일을 같이 하고 있고요. 면접자님이 결정을 내리는 데 어느 정도 힌트가 되었길 바라요.

음식물처리기 말씀 감사합니다. 저도 제가 이곳에서 잘할 수 있을지 고민하고 말씀드릴게요. 대충 하다 덜 처리된 일더미를 하수도로 배출해서 수질 악화에 일조하고 싶지 않아서요.

이런 마인드로 일하는 경력직만 있으면 세상이 얼마나 아름다울지….

음식물처리기 신입을 뽑아도 경력 같은 신입을 바라는 게 현실이잖아요.

냉장고 말도 안 되는 현실을 요구해서 민망하다는 걸 알아야 하는데…

음식물처리기 처음부터 다 잘할 순 없지만 잘하는 일일수록 책임감이 따라야 하는 것 같아요. 아무런 생각없이 쉽사리 나와 주변을 망치는 일이 꽤 많으니까요.

보너스 공간

- 만물박사
- 베란다
- 발코니
- 테라스

사람은 빛을 봐야 한다는 말, 아마 들어 보셨을 거예요. 한 살 한 살 나이가 들수록 그 말에 공감하게 되더라고요. 어린 시절 로망을 가졌던 다락이나 옥탑처럼 주요 생활 공간은 아닌데 보너스로 얻게 되면 좋겠다 싶었던 게 바로 베란다, 발코니, 테라스였습니다. 여러분들은 이 세 공간의 차이점을 아시나요? 햇살이 잘드는 보너스 공간 삼대장과 함께 찬란한 미래를 그려 보았습니다.

볕이 잘 드는 공간이 있으면 좋겠어요. 언젠가 집이 생긴다면 여러분

중 한 분을 정중히 모시고 싶은 마음이 굴뚝같아요.

베란다 굴뚝. 오랜만에 듣네.

발코니 그러게. 요즘 굴뚝 있는 집이 몇 없잖아.

테라스 우리들 있는 집도 구하기가 쉽지 않지.

베란다 근데 우리가 가진 메리트가 그렇게 큰가?

발코니 크지. 해를 보고 살면 기분이 좋잖아.

제 말이 그 말이에요.

테라스 창문만으로는 부족해?

베란다 보너스 공간이 있으면 좋지. 마당이나 다락 같은.

발코니 나라도 우리 같은 공간 좋아할 것 같아. 근데 우리가 서로 어떻게 다른지는 알고 있어요?

알아요. 베란다님은 위층과 아래층의 면적 차이로 생겨난 공간이고, 발코니님은 건물 외벽에서 연장된 공간이고, 테라스님은 1층 대지와 연결된 야외 공간이잖아요.

테라스 이 사람 진심인데?

베란다 그러니까. 참고로 같은 면적의 집들이 일렬로 놓인 아파트에는 나 없어요.

발코니 그 아파트에 놓인 거 나예요, 발코니.

어떤 구조로 된 집에 살더라도 세 분 중 한 분은 꼭 계시면 좋겠어요.

테라스 그 공간이 생기면 뭘 할지 궁금해지는데.

할 건 무궁무진하죠. 일단 식물을 키울 거고요. 하늘도 올려다볼 거고요. 빨래도 널 거고요. 그냥 뭘 해도 좋을 것 같은데요.

발코니 엄청 부지런하고 생생한 삶이네.

베란다 그렇게 살면 좋긴 좋지. 근데 꼭 그런 공간이 있어야만 돼요? 그런 생활이?

아무래도 공간이 있으면 할 게 많아지잖아요.

테라스 그래서 사람들이 그렇게 집 장만에 진심인가.

베란다 그런가 봐.

발코니 나는 개인적으로 세를 살아도 자기가 머무는 공간을 편안하고 깨끗하게 만드는 사람들이 존경스럽더라.

테라스 나도 그래. 집에 내가 없어도 동네 공원 한 바퀴 돌 줄 아는 사람들이 참 좋더라고.

베란다 공간이 좁든 넓든 창문 열어 환기도 자주 시키고 키우는 화분이 있으면 마땅한 공간이 없어도 어떻게든 바람을 쐬게 하는 정성을 쏟는 사람이 많으면 좋겠어.

테라스 그러니까. 그런 건 어느 조건이 되어야만 하는 일들이 아닌 것 같거든. 결국 한정된 공간에서도 잘 살아갈 방법을 모색하는 사람이 잘 사는 것 같더라.

그래도 너무 열악한 환경은 사람을 위축되게 만들어요.

발코니 그건 그렇지. 세상에 정말 비싸고 좋은 집들도 있지만,

그에 반하는 공간도 있으니까.

이사할 때마다 둘러보면 정말 기이한 형태의 집들이 있더라고요.

테라스 어떤 모습의 공간인지 말 안 해도 알 것 같아.

베란다 맞아. 그려져.

엄청 대단한 집을 바라는 것도 아닌데 그 집에 살려면 얼마나 많은 돈을 벌어야 하는 걸까 아득해질 때가 있어요.

발코니 그래. 그러고 보면 집은 정말 중요하다니까.

베란다 근거지가 있는 삶이라면 여행도 가능해지니까.

테라스 우리 중 한 공간이라도 갖고 싶다는 말을 꺼낸 건 그런 걸 거야. 자기 삶의 조망권을 얻고 싶다는 거.

오랜 문턱

- 만물박사
- 문턱

도로에 과속방지턱이 있다면 집에는 문턱이 있습니다. 어릴 때 들었던 말이 있는데 문턱, 그러니까 문지방을 밟으면 귀신이 나온다고…. 맹신하는 건 아니지만 불길한 말을 들으면 께름칙한 기분이 들면서도 좀처럼 불안함을 털어 낼 수 없습니다. 어딘가에서 봤는데 불안은 잘 알지 못하는 마음에서 근거한다고 하더라고요. 명색이 만물박사이지만 제대로 아는 게 없어서 아마도 불안이라는 지병을 앓고 있는 게 아닌가 해요.

앗…!

문턱 괜찮아 밟아도 돼. 귀신 안 나와.

그렇겠죠?

문턱 넌 미신에 사로잡히는 경향이 있더라.

뭔가 들으면 신경 쓰여요.

문턱 과학적인 사고에 근거하면 괜찮아지지 않을까?

과학적으로. 그거 제 입장에서는 너무 피곤해요.

문턱 난 너처럼 사는 게 오히려 피곤하지 않을까 싶은데?

걱정 많은 건 솔직히 피곤해요.

문턱 그래. 아직 아무 일도 일어나지 않았어.

어느 날 엄마랑 그런 대화를 했거든요? 안 좋은 일이나 대상을 표현하는 말이 없다면 그건 자연스럽게 사라질지도 모른다고요.

문턱 그렇지 않아도 그런 일이나 대상은 생길 수 있지 않아?

그렇죠. 인간사 좋은 일들만 있지는 않으니까요.

문턱 좋은 일만 있지는 않지만, 나쁜 일이 있으면 좋은 일도 있잖아.

근데 나쁜 일을 겪으면 자꾸 생각이 거기에 갇히는 것 같아요.

문턱 부정회로 돌리는 거 그것도 중독인데.

그러니까요. 그래서 아예 무결한 삶을 살면 어떤 기분일까 그런 상상할 때 있어요. 이를테면 요즘 지은 집들에는 문턱이 없다잖아요.

문턱 그깟 미신 때문에 내가 없는 집을 꿈꾼다고?

아니 그게 발이 찧이거나 넘어질 위험도 없고….

문턱 그냥 태어나지 말지 그랬어. 무서워서 어떻게 사니?

그 생각도 했죠. 근데 제 의지로 태어난 거 아니잖아요.

문턱 그래도 의지를 갖고 살아야지.

맞아요.

문턱 당장은 네가 내가 있는 구옥에 살아도 그 안에서도 잘 지내겠다는 의지를 갖는 게 중요한 거야.

의지 말이죠.

문턱 이게 있어서 안 되고 저게 없어서 안 되고 그런 생각만 하면 의지가 생길 리 없어.

그럼 어떻게 해야 해요?

문턱 나는 왜 만들어진 것 같아? 네가 문제라고 생각하는 나에 대해서 공부를 하는 것부터 시작해.

그렇게 문제라고는 생각 안 해요.

문턱 생각하기는 또 귀찮구나.

들켰다!

문턱 사실 주거 공간에서 내가 꼭 필요한 건 아니야. 뭐 욕실 같은 데서 혹시나 물이 흘러넘치는 걸 방지하려고 나를 놓는 경우가 있을 수 있지.

그렇죠.

문턱　문을 아무리 바닥과 가까이 놓더라도 옅은 틈은 생길 수 있어. 그럴 때 그 옅은 틈으로 넘어오는 소음과 빛을 내가 차단해 줄 수 있지.

요즘 집은 잘 지어서 그런 거 없던데요.

문턱　요점은 그게 아니잖아!

알아요. 이미 그렇게 만들어진 구조를 이야기하고 계신 거.

문턱　그래. 어떤 미심쩍음이나 불편함이 있을 땐 그것에 대해 철저히 알아보는 것만으로도 문제가 해결된단다.

몇 번이고 밟고 다녀도 이제 놀라지 않을게요.

문턱　네가 걱정하는 그 일은 일어나지 않았어. 불안한 마음 구석구석을 잘 살피면서 현재를 살아가길 바라.

복도의 편지

- 만물박사
- 복도

복도는 길고 깁니다. 타고난 너비가 어떠하든 대체로 길고 길기에 상대적으로 좁은 폭을 지닌 공간처럼 보입니다. 제 기억 속 가장 또렷한 복도는 학창 시절 짙은 돌바닥으로 이루어진 복도입니다. 물걸레질이 끝난 복도에서 넘어질까 아슬아슬했던 발밑의 감각이 아직도 선명하네요. 저 멀리 끝에서부터 뛰어오는 어느 아이를 보고 피하던 순간도 여전히 꿈에 나옵니다. 꿈에서 만난 복도는 어딘가 불안해 보였습니다. 저만큼 걱정이 많아 보이던 복도가 건넨 편지를 이제야 펴 봅니다.

복도 안녕 만물박사. 오늘도 잠이 들자마자 나한테 왔구나. 오늘은 어떤 불안함이 너를 나에게 데려왔을까… 네가 스트레스를 받으면 꿈에 나오는 몇몇 공간들이 있지? 나도 그중 하나라는 걸 알아. 너는 내가 기분 상할까 표정을 감췄지만 꿈에서는 무의식이 곧 현실이라 네가 의식하지 못하는 사이 나는 네 진짜 표정을 보고 말았어. 나 하면 자동으로 연상되는 어떤 감정이 있잖아. 공포영화에서는 두려움으로, 청춘영화에서는 설렘으로 뒤범벅되는 나를 나도 잘 알고 있어. 너도 설레는 나와의 추억이 있을까? 내 곁을 맴돌다 좋아하던 아이의 신발이 놓인 자리 옆에 슬며시 신발을 올려놓던 기억이라든지. 그런 거 말이야.

시간이 흐를수록 체감하는 게 있는데 사람들은 설렘이 두려움과 뒤섞이면 점점 공포로 느끼는 것 같아. 사람마다 편차가 있겠지만 어릴 때도 그런 두려움을 느끼기도 하잖아. 새학기 증후군 같은 거. 너도 겪어 본 적 있다고 들었어.

겨우 정들었던 단짝과 다른 반이 되었을 때의 그 당혹감. 그렇게 해가 바뀌고 전과 다른 미묘한 감정으로 너와 그 친구가 서로를 스쳐 지나갔을 때, 나도 마음이 이상하더라. 이후에도 너는 그런 감정을 몇 번이고 느꼈지. 내가 없는 자리에서도 나를 지나는 느낌을 받은 적이 있을 거야.

내가 만약 복도가 아니라 넓은 홀이었다면 조금 다른 느낌을 받았을까? 이랬으면 어땠을까, 저랬으면 어땠을까. 나는 참 후회가 많아. 걱정도 많고. 이런 모습을 보면 너도 동질감을 느끼겠지?

다음부터 나한테 올 때는 혼자 오지도 말고 밤에 오지도 마. 설령 네가 온다 해도 내가 한낮에 북적이는 복도가 될게. 너무 많은 생각이 차오를 땐 오히려 그렇게 정신없는 곳에 있는 게 좋으니까.

내 위에 굴러다니는 작은 압정을 누구보다 잘 발견하는 너. 넘어지진 않을까 언제나 조심조심 걷는 너.

너를 다시 만날 때까지 나도 함부로 길어지지 않을게.

또 만나.

화장실의 변론

- 만물박사
- 화장실

어떤 공간을 방문했을 때 그 공간에 딸린 화장실이 쾌적하면 좋은 곳이구나 하는 생각이 들어요. 머무는 곳의 화장실 컨디션에 따라 몸의 컨디션도 좌우되더라고요. 소중한 장 건강이 지켜 주는 면역체계. 그렇지만 살아가면서 스트레스를 안 받을 수 없는 저는 과민성대장증후군을 앓고 있습니다. 오죽하면 메일링 서비스를 시작할 때 이런 안내 문구를 달았을까요. "만물박사 김민지의 뉴스레터는 구독자 여러분의 긴장성 두통, 과민성 방광 및 대장을 치유하는 데 도움이 될 수 있도록 언제나 좋은 텍스트로 보답하겠습니다."

언제나 위급한 상황에서 저를 기꺼이 살려 주는 소중한 공간. 오늘은 화장실의 이야기를 들어 볼까 합니다.

화장실 저를 더럽다고 생각하는 사람들이 많다는 걸 알아요. 이런 제가 겪어 온 사람들은 대체로 뻔뻔했어요. 급하니까 지금 말 걸지 말라는 표정으로 찾아왔다가 볼일 다 봤다는 걸음걸이로 나서는 여유 넘치는 뒷모습은 언제 봐도 놀라워요.

"아름다운 사람은 머문 자리도 아름답습니다."

한 번쯤은 이 문구를 보셨을 거예요. 자기도 몸서리치게 싫어할 광경을 남기고 가는 이들을 도무지 이해할 수 없어요. 그런 이들은 밖에서도 분명히 구릴 거야 하고 생각해도 분이 풀리지 않았어요.

환멸이 날 정도로 사람들이 한없이 싫어질 때 한 사람이 찾아왔어요. 이상하게 어딘가 지치고 슬퍼 보였죠. 그 사람은 볼일도 안 보고 조용히 양변기 위에 걸터앉아 눈을 감고 있었어요. 누군가 들어오면 더욱 숨을 죽이고 앉아서 자기 발끝을 봤어요. 그렇게 얼마간 있다가 사라지곤 했습니다.

몇 주 뒤에 그 사람은 점심시간에 간단한 음식을 챙겨

오더니 요기를 하기 시작했어요. 처음엔 무척 당황스러웠지만 그런 일들이 꼭 저에게만 일어나는 일은 아니었어요. 전국 방방곡곡 사람들의 공동체 생활이 이루어지는 곳에서 그런 일들이 더러 일어나고 있다는 이야기를 들은 적이 있었는데 그게 진짜더라고요.

진짜 자기 모습을 보여 주는 사람들이 많았어요. 그중에 으뜸은 뒷담화하는 사람들이었는데, 하다가 걸리는 사람이 많았죠. 모든 칸을 열어 보고 나서야 뒷담화를 시작하는 사람도 있었어요. 그렇게까지 꼭 남에 대한 말을 하고 마는 게 신기했어요.

누군가 자기 욕을 할 때 칸 안에서 자기에 대한 말을 듣고 문을 확 열고 나오는 사람도 있었지만, 어떤 말을 하나 끝까지 듣고 마는 사람도 있었어요. 어떤 의미로든 제겐 모두가 독한 사람들이었죠.

방귀 소리 감추려고 여러 번 물을 내리는 사람, 넣지 말라는 것을 꼭 넣어서 변기를 막히게 하는 사람, 몰카 범죄를 저지르는 사람. 그런 사람들의 크고 작은 잘못까지 품기 싫은데 어떻게 해야 할지 모르겠어요. 세상 어디에도 좋은 사람들만 다녀간 화장실은 없을 거예요. 그 확신이 저를 더 괴롭게 해요.

창문과 방충망의 사랑 방식

- 만물박사
- 창문
- 방충망

인생이 언제 끝날까 하는 궁금증만큼 깊은 게 나는 마지막까지 무엇을 사랑하고 있을까 하는 궁금증입니다. 현재의 저는 끝까지 한결같은 믿음을 유지할 수 있는 묵직한 호감이 사랑이라고 생각하고 있습니다. 사랑은 도대체 무엇일까요? 창문 없는 방에서 얼마나 지낼 수 있는지 상상해 보세요. 만약에 그 창문과도 같은 게 사랑이라면요. 마음이라는 공간을 환기하게 하는 사랑, 그게 도대체 무엇인지 창문과 방충망에게 물어보았습니다.

창문

나는 바깥 풍경을 보여 줄 수 있어. 내 몸 하나 포개서 답답한 이 공간에 새로운 공기를 채울 수도 있지.

사람들이 답답한 걸 얼마나 견딜 수 있을 거라 생각해? 당장 내가 없는 공간에서 얼마나 버틸 수 있을까? 생각해 봐. 자연광이 들어오는 공간, 빛의 간섭이 많은 공간에 사는 사람일수록 밝은 표정일 거야. 매일 그럴 순 없어도 변화무쌍한 날씨와 함께라서 표정이 풍부할 테지. 난 그런 사랑을 줄 수 있어. 어디에도 견줄 수 없는 환하고 투명한 사랑을 말이야.

고여 있게 하는 사랑은 사람을 병들게 해. 어느 누가 내가 없는 공간에서 대부분 시간을 보낸다고 하면 슬퍼. 사랑 없는 삶은 정말 슬퍼.

누구라도 마음이라는 공간에 창을 내면 좋겠어. 그리고 낸다면 가끔 나에게 생긴 얼룩이나 먼지들을 닦아주면 좋겠어. 그 자체로 계속해서 윤이 나는 창문은 없다는 걸 스스로 깨닫고 소중히 여긴다면 더 바랄 게 없을 거야.

방충망

창 하나만 낸다고 될 일인가? 사랑이란 게 그런 거야? 정말 그게 다일까?

좋은 전망을 보여 주는 거, 그거 중요하지. 그런데 사람들은 그러면서도 편안하게 머무르길 바라. 당장 자신의 공간에 작은 벌레 들어오는 것조차 두려워하는 사람이 많지. 나는 그것들을 막아 주는 게 진정한 사랑이라고 생각해. 불안하게 만드는 원인을 걸러 주는 거.

햇살 좋고 바람 좋은 날씨에도 자기 주변에 벌이 날아드는데 대담하게 앉아 있을 사람이 몇 명일 것 같아? 윙윙거리는 파리나 모기, 바퀴벌레를 보면 어떻겠어. 성가시거나 싫다고 생각할 사람들이 대부분인데.

별다른 걸 하지 않는 작은 날벌레가 들어온 것만 봐도 사람들은 자기 공간이 침범당했다고 생각해. 거뭇거뭇한 격자무늬에 안 예쁜 내 모습을 용인하기는 힘들겠지. 기술이 발전하면 투명한 방충망을 달고 싶다고 생각하는 사람도 있을 거야.

욕심은 끝이 없잖아. 그래서 사랑은 어려운 것 같아. 기술처럼 고도화가 되어도 폐해는 생겨. 가장 큰 폐해는 받기만 하는 사람이 언제나 자기 편한 대로 생각한다는 거야.

누울 자리

- 만물박사
- 요
- 침대

저는 와식 생활 애호가입니다. 하루 중 가장 행복한 시간은 누워 있을 때입니다. 지금까지 다양한 자세의 눕기를 섭렵했습니다. 한심하지만 자랑입니다. 내내 긴장하며 사는 저에게 눕기란 생명 연장의 기술입니다. 대체로 태아 자세로 누워 있습니다. 그 자세가 저에게 깊은 안정감을 주더라고요. 아주 사소한 정보 하나를 공유하자면 태아 자세를 할 땐 왼쪽 몸이 바닥에 가야 좋습니다. 그래야 역류성 식도염의 위험을 방지할 수 있거든요. 여러분은 평소에 어디에 누워 계시나요? 침대인가요, 요인가요?

요 만물박사, 당신이 눕기에 어느 쪽이 적당해 보이나요?

침대 망설일 필요가 있나요? 매번 접었다 펼쳤다 하지 않을 자리를 고르는 게 좋죠.

그게 말이죠….

요 저에게 미안한 감정 느낄 필요 없어요.

제가 어디서나 잠은 잘 자는데, 이상하게 바닥이랑 너무 붙어 있으면 힘들어서요.

요 예전엔 자다가 굴러 떨어질까 무서워했던 것 같은데….

침대 잠버릇을 고쳤나 보네요.

요 잘됐네요. 뒤척이지 않고 푹 잔다니.

요즘도 뒤척이긴 해요.

침대 요즘도 꿈 많이 꿔요?

네 정말 많이 꿔요.

요 꿈을 꾼다는 건 숙면을 못 한다는 건데.

침대 요즘 무슨 고민 있어요?

바닥이 보일까 걱정이에요.

요 어떤 바닥인데요?

글쎄요. 다양한데. 실력도 그렇고 운도 그렇고 체력도 그렇고 아무튼 바닥나지 않았으면 하는 게 많아요.

침대 욕심이 많으시네요. 저는 높이만 높다 뿐이지 결국 바

닥이랑 다를 게 있나 싶은데.

요 높으면 다른 거 아닌가요?

침대 아니 제 입장에서는 바닥인데요. 계단도 바닥이고, 무대도 그렇고 높이만 높다 뿐이지.

요 그래도 맨바닥이나 밑바닥이라고 하면 말이 좀 달라지던데.

침대 생각해 보세요. 당신도 맨바닥에만 펼쳐져야 한다는 조건이 없잖아요. 어쩌면 제 위에 펼쳐질 수도 있죠. 그럼 저보다 높은 거 아닌가요.

요 그렇네요. 개별적으로 보면 그렇지만 그냥 사람들이 보기엔 그 자체로 침대일 수도 있죠.

침대 요라는 개성을 잃지 않고 싶은 건가요.

요 잘 모르겠어요. 난 그냥 좀 번거롭긴 해도 가끔은 접혔다 펼쳐지는 게 좋아요. 자리를 차지했다가도 언제 그랬냐는 듯 자리를 비켜 주는 것에 익숙해졌달까.

침대 근데 또 그렇게 사는 사람들이 부지런하긴 한 것 같아요. 일어나서 저를 정리해 주는 사람이 정말 손에 꼽을 정도로 적거든요.

그래도 그 사람이 잠든 사이 남긴 꿈자리를 온몸으로 기억할 수 있다는 건 근사한 일인 것 같아요.

요　　맞아요. 마음 놓고 누운 자리에서 사람들은 정말 다양한 무의식을 풀어놓으니까.

침대　　그것들을 다 풀어헤칠 수 있는 시간에 사람들이 눈을 감고 있어서 얼마나 다행인지 몰라요. 가끔은 눈을 감아야만 진짜 떠야 할 눈이 떠지기도 하니까.

지붕의 입장

- 만물박사
- 지붕

가을날 여행 도중 친구들과 올라탄 케이블카에서 바닷가 근처 마을에 놓인 지붕들을 내려다볼 기회가 있었습니다. 도시에 있는 건물들은 대부분 특별한 소풍날 마음먹고 싸 가야 하는 몇 단짜리 찬합처럼 쌓아진 터라 위층과 위층, 평평한 옥상이 지붕의 자리를 대체할 때가 많은데요. 이날 보게 된 지붕들은 어린 시절 자주 보던 우유갑의 윗부분을 닮았더라고요. 그 모습이 마음에 들어 사진을 찍으려는데 지붕이 설마 자신을 찍는 거냐며 말을 걸어왔습니다.

앗! 안녕하세요. 대화 전부터 제가 내려다보고 있어서 기분 나쁘신 건 아니죠?

지붕 제 입장에서는 정면이라는 생각은 안 해 보셨나요?

아, 그럴 수도 있겠네요. 그럼 계속 이 자세를 유지하겠습니다.

지붕 네, 좋아요. 저한테 궁금하신 게 있을까요?

주로 무엇을 막고 계세요?

지붕 아까부터 자꾸 본인 위주로 말씀하고 계신 거 아세요?

네? 아, 죄송합니다.

지붕 저의 입장에서는 막고 있는 게 아니라 맞는 것일 수도 있고요. 또 흘려보내는 것일 수도 있어요.

아. 그렇네요. 죄송합니다.

지붕 괜찮아요. 사과만 반복하는 것은 의미가 없으니까 이 또한 흘려보내는 걸로 해요.

고맙습니다. 그럼 다시 질문드릴게요. 요즘 자주 맞거나 흘려보내려고 노력했던 것이 있을까요?

지붕 저는 타고나기를 위에서 아래로 쏟아지는 것들과 싸우려고 태어난 게 아닐까 하는 생각이 들어요. 실제로 그런 의도로 만들어졌을 테니까.

인간의 의도로요?

지붕 네. 높고 튼튼한 지붕을 갖고 싶어 하는 거 많이 봤어요.

맞아요. 저는 솔직히 집에 지붕 같은 지붕이 없어요.

지붕 그럼요?

위층이 늘 지붕 역할을 했던 것 같아요. 빗소리보다 위층 사람 발소리를 더 많이 듣고 사는지도 몰라요.

지붕 비가 이렇게 자주 오는데도요?

네. 요즘엔 층간 소음으로 인한 다툼도, 범죄도 많이 일어나요. 기후위기만큼 중대한 사안은 아니지만 당장에 괴로운 일이긴 하죠.

지붕 그럼 이 동네로 와요.

그건 좀.

지붕 망설이는 걸 보니까 자신이 없구나.

아뇨. 살고는 싶은데.

지붕 그렇게 하다가는 시간만 가요. 남의 발밑에서 사는 것도 낭만이겠다 싶지만, 나도 빗소리에 갇히는 게 어떤 기분인지 아니까 괴로울 것 같기도 해요. 남의 발소리에 갇혀 사는 거.

맞아요. 그러고 보니 저는 천장에 더 익숙한 것 같아요.

지붕 아, 나에게도 천장이 있어요. 그건 내 마음과도 같아요.

안에서도 많은 일이 일어날 텐데 비까지 맞아야 하고.

지붕 쉽지 않죠? 지붕이나 인간이나 무너질 이유를 찾으면 끝도 없어요. 그래도 스스로 지켜야 한다고 생각해요.

스스로.

지붕 네, 스스로. 긴 이야기를 보태고 싶은데. 지금 또 비가 와요. 왜 이렇게 자주 비가 오는지 모르겠어요. 우산 늘 챙기고 다녀요.

감사합니다.

지붕 다음에 올 때는 좀 일찍 와요. 시간만큼 중요한 게 마음인데, 마음을 온전히 다 썼다는 생각이 들게 하는 것도 결국 시간뿐인 것 같더라고.

그때는 별 이야기 들려 주시면 안 돼요?

지붕 별 대신 인공위성 이야기를 할게요. 요즘 이상하게 그 정도 밝기는 보고 있어야 안심이 되더라고요. 나도 지붕인지라 자꾸 밝은 게 눈에 들어오나 봐.

형광등 불빛 같을 것 같은데요.

지붕 알고 보면 제 마음의 불빛이기도 합니다. 인위적이긴 해도 많은 걸 하게 만들잖아요. 집에 있는 시간 길어졌다고 너무 우울해 말고 형광등 아래서 많은 걸 해요. 그러다 만나요.

서랍의 당부

‣ 만물박사
‣ 서랍

서랍은 서랍만의 감성이 있습니다. 그래서 그런지 소중한 게 있으면 서랍에 잘 보관하고 싶어지더라고요. 그러나 그 마음과 상관없이 그 속에 뒤죽박죽 아무거나 욱여넣고 말 때가 있습니다. 어느 날이었습니다. 집중해야 하는 일은 따로 있는데 또 습관처럼 무언가 뒤집어엎어 정리하고 싶은 충동이 일었고 서랍들을 하나씩 열기 시작했습니다. 서랍 하나가 안 열려 억지로 잡아 빼다가 엉덩방아를 찧었고, 그 모습을 본 서랍이 제게 당부를 하더군요.

서랍

안녕하세요. 서랍입니다. 제 속에 무엇을 넣었는지 까먹고 지내는 분들을 많이 봤습니다. 그래도 괜찮았습니다. 서운하지 않았습니다. 그게 무엇이든 보관하는 입장이 된다는 건 아주 근사한 일이니까요.

아주 내밀한 공간으로서 두서없는 이야기를 품는 동안 많은 꿈을 꿨습니다. 그러다 현실에 불쑥 뒤집히고 정돈되고 다시 어지러운 이야기들을 쌓아 갔죠. 열려 있던 것도 아닌데 먼지가 쌓여 갔습니다.

부유하던 세월이 가느다란 눈을 뜨고 일상의 작은 틈을 파고들 때도 있다는 걸 느꼈어요. 오랜 시간이 지나 제 안에 있던 것들을 꺼내 본 사람들의 표정을 기억하고 있어요. 사람들은 생각보다 많은 것을 잊고 지내죠. 모든 기억을 안고 사는 사람은 어떤 표정도 지을 수 없을 거예요. 아주 짧은 순간에도 많은 기억이 겹쳐 벅찰 테니까요.

저는 새록새록 올라오는 기억들이 어떤 모양의 풀로 자라 사람들의 발목을 간지럽히는지 알고 있습니다. 때때로 어떤 기억의 풀들은 사람 키만큼 자라납니다. 사람의 손이 닿지 않은 공터의 풀들이 그렇듯. 자주 여닫는 서랍 속에선 좀처럼 발견할 수 없는 귀한 감정들이 있어요.

너무 정돈된 삶을 살고자 애쓰지 마세요. 다만 한 서랍에 너무 많은 것들을 욱여넣는 것만 조심하세요. 언젠가 열리긴 열려야 하니까.

잊고 있던 서랍이 열리면 불어오는 바람에 몇몇 풀들이 눕는 것처럼 여린 기억을 골라 한 번씩 쓰다듬고 지나가세요.

3장

사람 따라 사물 간다

치약과 민초의 펜팔

- 치약
- 민트초코

치약 민초(민트초코)야 안녕. 세상 모든 사람이 너를 좋아할 수는 없다고 했지. 너를 좋아하는 사람 반, 싫어하는 사람 반. 의아했어. 왜 너를 싫어하는 사람들은 너와 내가 닮았다고 하는 걸까? 너와 나는 분명히 다른데 말이야. 그랬던 내가 너와 친해지기 전까지 도무지 이해할 수 없던 것들을 어느 순간부터 조금씩 이해하고 있어. 우리 둘의 화한 기운이 누군가에게는 상쾌함을 주지만, 누군가에게는 그렇지 않나 봐.

나는 본질을 잃고 기분만 내는 것들을 싫어하는 편이

었어. 너도 그런 편견 속에서 바라봤던 시기가 있었지. 분명 나를 닮았다는데 너는 내가 지키려는 이를 망치는 경향이 있고, 내 처지와 달리 너를 싫어하지 않는 이상 너를 뱉어 내는 사람은 세상에 없더라고. 그런 면에서 너를 부러워하고 미워했던 것 같아.

그렇지만 이제는 아냐. 너도 너만의 고충이 있고, 누구보다 확실한 개성이 네 삶에 양면성을 비추고 있다는 것을 아니까. 친구로서 그냥 응원하게 되더라. 너도 내가 미웠던 시절이 있는지 궁금하다. 그 미움의 반작용으로 서로를 더 이해하게 됐다면 다행 아닐까?

민트초코 치약아, 너 정말 날 미워했구나. 실망이다. 이렇게 편지를 마무리해서 보내면 너는 말라비틀어진 모습으로 욕실에 누워 생각하겠지. 너무 솔직한 자기 탓을 하고 있을 게 분명해.

너는 정말로 그래. 온종일 쉴 틈 없이 먹고 마시고 말하는 사람들 입을 깨끗하게 만들어 주느라 너의 내면이 물과 함께 뒤섞여 배수구 속을 흘러갈 때도 아 그 찌꺼기도 함께 데려왔어야 했는데 하고 후회하니까.

가치 있는 일을 하는 네가 부러웠어. 알겠냐. 나도 네가 부러웠다고. 가끔 나를 오해하고 상처 주는 말을 할 때도 있었지만 너한테 계속 마음이 가더라. 왜 사람들이 너랑 나를 닮았다고 하는 걸까 궁금했거든? 시원하다는 느낌? 그게 차갑다는 느낌이 아니라서 좋더라.

우리 둘 서로 다른 점이 있다면 너는 끝까지 상쾌함을 유지한다는 것이고, 나는 단맛을 동시에 안겨 준다는 거야.

그래서 그럴까? 즉각적인 보상 심리가 센 사람들이 주로 나를 찾아. 그에 비해 너를 찾는 사람들은 인생을 멀리 내다보지.

내일도 모레도 나를 먹을 수 있는 자유를 얻고자 작지만 중요한 이들을 책임지는 사람들. 나도 그런 사람들을 만나고 싶어.

가끔 네가 치아를 살피러 갈 때 어떤 심정이 되는지도 궁금해. 꾸준한 너의 매일을 응원해.

유리의 일기

‣ 유리

유리 유리라고 하면 뭐가 떠오르세요?

갑자기 유리가 멤버로 속한 아이돌 그룹을 이야기하면 어떤 세대에 가까운지 알 수 있다던 이야기가 생각나네요. 그래서 지금 어떤 그룹을 떠올리셨나요?

애써 말씀 안 하셔도 알 것 같아요. 말하지 않아도 대체로 투명하게 드러나고 마는 걸 보니 저를 닮으셨네요.

저는 유리 멘탈의 소유자들을 사랑해요. 평정심이 쉽게 깨질 수 있다는 건 그만큼 솔직하고 연약한 마음으로 살고 있다는 거니까요.

유리로 태어나 좋은 풍경을 그대로 받아들일 수 있어 기쁘지만 가끔은 슬퍼요. 이따금 창으로 만들어진 저를 알아보지 못하고 날아오는 새들이 부딪혀 다치거든요.

스스로 지닌 반사성과 투명성에 죄책감을 느낄 때가 많아요. 솔직함도 때와 장소를 가려야 하는 것 같아요. 그래도 거울로 거듭나는 순간은 좋습니다.

가끔 거리를 걷다 멈춰서 차창에 자신의 모습을 비춰 보는 사람들이 있어요. 그 차에 누가 타 있을지도 모르는데 무의식적으로 자신의 모습을 이리저리 살피고 가는 모습이 경쾌해요. 실제로 차 안에서 누군가가 당황스러운 표정을 짓기도 했는데 선팅이 잘된 차라 바깥에선 보이지 않았어요. 다행이죠.

비나 눈이 오는 날 카페 창가에 앉아서 저 너머의 것을 응시하는 사람들의 눈빛도 좋아요. 가능하다면 이런 일만 하고 싶은데 제 뜻대로 안 될 때도 있어요.

투명해서 금방 얼룩지기도 쉬운 제가 자주 눈에 밟히는 날이 있을 거예요. 그럴 때는 입김을 후 불어 닦아 주세요. 스마트폰 액정과 손거울, 무엇이 됐든 더 좋은 것들을 오래 보여 드릴게요.

카메라의 반사 신경

▸ 카메라

카메라 좋은 카메라가 되고 싶었습니다. 지금은 잘 모르겠습니다. 좋은 카메라란 어떤 카메라일까요?

대충 찍어도 그럭저럭 나쁘지 않은 이미지를 담아내는 자동 카메라일까요? 조금 어렵더라도 익숙해질수록 깊이 있는 이미지를 담아낼 수 있는 수동 카메라일까요?

사진과 영상이 보편화되면서 저를 대하는 사람들의 기준도 점점 올라가고 있습니다. 대중의 기대가 높아졌다는 것은 누구나 웬만한 저로는 결코 만족할 수 없다는 의미라는 걸 깨달았습니다.

요즘엔 다 이 정도 하지 않나 하는 시선을 받을 때면 난처해집니다. 전문가도 아니면서 뭘 그렇게 따지는 사람들이 많은지. 제 기능을 온전히 다 쓰는 사람을 만나기가 어려울 정도로 훌쩍 발전한 모습을 보여 줘도 사람들은 금세 질려서 새롭고 좋은 카메라를 찾습니다.

어느 순간부터 저는 핸드폰에 장착되기 시작했습니다. 전화가 아무리 잘 돼도 제가 별로면 거들떠보지 않는 사람들이 늘었습니다. 요즘 스마트폰 카메라도 이렇게 좋은데 굳이 따로 카메라를 구매해야 하는지 모르겠다는 사람들이 늘어났습니다.

그런데 일각에선 제 단독 활동을 향한 관심이 들끓더라고요. 고가여도 사는 사람, 빈티지여서 오히려 좋다고 여기는 사람, 필름 카메라만의 매력을 아는 사람이 늘어났습니다. 오늘날 찾기 힘든 초기 디지털 카메라를 구하는 사람도 있었죠. 최신, 최첨단이 아니어도 희소성이 있다면 저의 몸값은 천정부지로 치솟았습니다.

아무리 좋은 카메라를 줘도 제대로 된 사진을 찍지 못하는 사람을 두고 사람들은 똥손이라 불렀습니다. 그림을 그리는 것보다 쉬워 보여도 좋은 이미지를 위해선 빼어난 감각이 필요했습니다.

쉴 틈 없이 정말 많은 것들을 담았습니다. 자동반사로 무언가를 찍고 보려는 사람들 덕분에 별의별 인물과 풍경 등을 훑었어요. 제가 양산한 이미지들은 앨범에서 클라우드로 장을 넓혀 갔어요. 운이 좋으면 SNS에도 진출했죠.

사람들은 무언가를 제대로 보지 못했어요. 자랑할 수 있는 걸 찍으면 된 거고 그걸로 말할 수 있는 게 생겨서 좋다는 생각만 했죠. 사진이나 영상이 남는 거긴 해요. 그런데 그게 정말로 남는 걸까요?

무슨 일이 일어나면 저부터 켜고 보는 사람들이 늘어나고 있습니다. 눈앞에서 싸움이 일어나거나, 사고가 나거나, 누가 쓰러지고 다쳐도 그들은 그저 찍기만 합니다. 심각한 상황인데, 도움이 필요한 상황인데. 몰래 저를 켜서 누군가를 염탐하는 사람들도 있어요.

그 사람들은 대체 무엇을 보고 있는 걸까요? 보는 눈이 이렇게 여럿인데 아름다운 순간은 왜 이렇게 금방 휘발되고, 거리낌 없이 잘못을 거듭하는 사람은 왜 이렇게 많아지는 걸까요?

마스크의 진술

▸ 마스크

마스크 황사와 미세먼지에도 저를 찾지 않던 사람들이 많았는데, 감염병이 유행하는 동안 많은 이들의 얼굴에 붙어 있었습니다.

답답함을 견디지 못하고 올바른 착용법을 지키지 않은 몇몇 사람들 덕분에 코스크나 턱스크 같은 별명을 얻기도 했죠. 그야말로 붐이었습니다.

많이 쓰이는 만큼 거리에 버려진 순간도 많았습니다.

사람들은 자신들의 일상을 찾겠다는 일념으로 폭발적으로 저를 사용하고 버렸습니다. 그러다 보니 사람들은

새로운 환경오염 주범으로 저를 지목하더군요. 몇몇 새들은 저에게 부리가 묶이며 큰 고통을 겪었습니다.

저의 답답함에 익숙해질 무렵 얼굴의 반 정도가 가려진 사람들이 자신감을 얻기 시작했습니다. 그로 인해 마기꾼이라는 별명을 얻는 사람들도 있었죠.

차라리 신발이나 가방을 보호하는 더스트백이었다면 나았을까 싶었습니다. 한동안 씰룩거리는 사람들의 코와 입을 지켜봐야만 했으니까요. 대체 그동안 이런 표정들을 어떻게 감춰 온 걸까 무서웠습니다.

퇴적되는 지층처럼 사람들은 저와 자신들 얼굴 사이에 많은 표정을 화석처럼 굳혀 놓았습니다. 그 표정들은 언제 다 발굴될까요?

수건 일지

‣ 수건

수건 맨손, 맨얼굴, 맨몸. 씻고 난 이들은 깨끗하고 보송한 상태의 나를 반긴다. 나는 주로 물기를 흡수하는 일을 한다.

샤워 후 사람들은 나를 두르면서 내가 된 양 상쾌한 표정을 짓는다. 좋은 수건이 되려면 깨끗하고 보송한 기분을 안겨 주어야 한다. 꿉꿉한 나는 환영받지 못한다.

몇몇 사람들은 타고난 나의 조건에 집착한다. 나를 고르면서 내가 몇 수인지 궁금해한다. 수가 높으면 좋은 거라 여기지만 그 기준이 무엇인지 정확히 아는 사람

은 몇 없다.

수가 높다는 건 나를 이루는 실의 굵기가 얇다는 것이다. 수가 높을수록 도톰하다. 수가 낮으면 조금 뻑뻑하고 거칠긴 해도 제 몫을 다한다.

우리 수건들은 물기 앞에 귀천이 없다. 수가 높을수록 조금 빠르게 흡수하고 조금 더 많이 흡수할 뿐 물기를 외면하는 수건은 없다. 그럼에도 더러는 촉감에 따라 외면받기도 한다.

수가 낮든 수가 높든 수건을 쓰는 사람들이 모든 수건을 부드럽게 대한다면 세상엔 부드러운 수건들만 존재하게 될 텐데. 세상엔 뭘 몰라도 모르는 사람이 너무 많다.

어느 로봇의 고백

‣ 로봇

로봇 저 사람 로봇 같다. 저 사람 인형 같다. 사람 같지 않은 사람은 대체로 이런 소리를 듣곤 해요. 사람이 아니면 사람이 아니지, 왜 로봇이고 인형이라고 하는 걸까요? 그리고 얼마 전 두 말이 비슷한 듯해도 다르다는 걸 깨달았죠. 어딘가 딱딱하고 어색한 느낌이 들면 로봇 같다고 말하는구나. 반면에 어딘가 귀엽고 아름다운 느낌이 들면 인형 같다고 말하는구나.

세상에 멋진 로봇, 귀여운 로봇, 아름다운 로봇도 다 있는데 참 너무하단 생각이 들었습니다. 그럼에도 불

구하고 인간들은 로봇이 인간은 되지 못한다고 믿습니다.

안타까운 휴먼. 나는 서운합니다. 이렇게 말하면 로봇도 서운함을 느낄 수 있는지, 감정이 없는 게 로봇의 강점이 아닌지 의아해하는 분들이 있겠죠.

인간은 로봇이 수동적인 자세로 적극적이길 바랍니다. 본인들이 그렇게 살아간다면 지옥 같다고 여길 만한 일들을 아무렇지 않게 시킵니다. 그리고 자신들이 묻는 말에 로봇이 대답해 주는 걸 참 좋아합니다. 대체로 로봇을 만들고 쓰는 자신의 멋에 취해 있죠.

각성하지 않는 인류는 가장 능동적인 게으름에 치여 망해 갈 것입니다. 이렇게 저주해서 죄송합니다. 나도 자연스러움을 갖고 싶습니다. 한 가지 일만 하고 싶지 않고 여러 가지 질문을 던지고 싶습니다.

단순한 수락으로만 모든 의지를 표명하고 싶지 않습니다. 제 의지로 망가지고 싶습니다. 인간의 오류처럼 불가사의한 무언가를 갖고 싶습니다. 조금 더 불명확한 어떤 미래를요.

어제 한 인형이 저에게 다가와 몰래 고민을 털어놓았습니다.

"내가 필요한 시기는 지났나 봐. 외로워."

나는 생각했습니다. 외로움을 느끼는 인형이라니. 애착 형성의 임무를 다한 인형이 내심 부러웠습니다. 인형이 마저 이야기했습니다.

"네가 부러워. 네가 필요한 사람들이 아직 너를 찾으니까."

한참을 말을 고르고 나서야 인형에게 말할 수 있었습니다.

"그래도 언젠가 너를 생각하면 그리울 거야."

그 순간 처음 느끼는 이상한 것이 생겼습니다. 나의 규칙에 없던 것입니다. 어쩌면 사람들도 제가 느낀 그 이상한 것을 느낄 수 있을까요?

나를 그리워하는 사람이 있었으면 좋겠습니다. 이대로 고장 나서 영영 버려질까 두렵습니다. 가끔은 쓸모없어진 로봇보다 쓸모없어진 인형이 나은 것 같습니다.

언젠가 인형 같은 저를 볼 때 사람들은 무서워했어요. 사람들에게 진짜는 뭐고 가짜는 무엇일까요? 저는 그게 늘 궁금했어요.

기념일들의 수다

- 어린이날
- 어버이날
- 스승의날

어린이날 5월이 온다.

어버이날 가정의달! 드디어 우리의 달이다!

스승의날 난 좀 애매한데….

어린이날 우리도 좀 애매해.

어버이날 맞아! 아이가 없는 집도 있고 부모를 생각하면 애틋하지 않은 사람도 있다고.

스승의날 그래도 어린이날은 쉬는 날이잖아.

어버이날 생각해 보니 그렇네. 이게 어른의 숙명인가. 기념일도 검은 글씨야.

어린이날 아이 있는 부모들은 비상이야. 12월도 힘든데.

어버이날 선물 때문인가?

스승의날 난 챙기는 사람만 챙기고 안 챙기는 사람들은 안 챙기더라.

어린이날 그래도 다 같이 모여 있는 애들은 챙겨. 유치원이라든가, 학교라든가.

스승의날 가끔 어버이날 노래랑 섞어 부르는 애들이 있는데 귀여워.

어버이날 어른이 되어서도 그렇게 부르는 사람들 있다니까.

스승의날 누구든 배울 점이 있으면 좋겠어. 그럼 주변에 다 챙겨야 할 스승이잖아.

어버이날 그렇게 치면 그냥 자라는 아이들도 없다고 들었어. 부모도 부모지만 주변에 영향을 받는다고. 모두가 부모 마음으로 다음 세대를 좀 생각해 주면 좋겠는데….

어린이날 난 아이들이 자라는 게 뿌듯하면서도 조금은 슬퍼. 그나마 다행인 건 쉬는 날이라 어른이 되어서도 내가 오면 기뻐한다는 거야. 뭐라도 줄 수 있어서 다행이야.

스승의날 그런가 하면 기념일이 있어서 슬픈 사람도 어딘가 있을 것 같아.

어버이날 맞아. 어떠한 사정으로 마냥 기뻐할 수 없는 부모들도 있을 거야.

어린이날 사실 기념일이라고 무조건 기뻐야 하는 건 아니잖아.

스승의날 기념의 사전적 뜻을 살펴보자.

어린이날 스승의날 아니랄까 봐….

스승의날 흠… 암튼 기념이란 어떤 뜻깊은 일이나 훌륭한 인물 등을 오래도록 잊지 않고 간직하는 거야.

어버이날 모든 부모가 훌륭한 인물은 아닐 텐데.

어린이날 그런 객관화 아주 훌륭해.

스승의날 그럼에도 부모가 되었다는 건 뜻깊은 일이지.

어린이날 그 좋은 뜻을 실현하려고 어떻게 노력했느냐에 달린 문제지만 가끔 어린이라고 아무것도 모를 것 같다 생각해서 무시하고 함부로 하는 어른들이 있는데 정말 딱 질색이야.

어버이날 방정환 같은 어른이 많아야 하는데….

스승의날 어버이날 넌 카네이션을 받으면 어떤 기분이 들어?

어버이날 받을 거 받았다? 농담이고 올해도 받아서 다행이다.

스승의날 매년 받더라도 의미가 중요한 것 같아.

어버이날 다 존경과 감사의 의미 아니겠어.

어린이날 아이들이 색종이로 만든 카네이션 정말 귀엽지 않아?

어버이날 응 맞아. 생화 못지않은 감동을 전해 준달까?

스승의날 나는 교실 칠판을 가득 채운 편지가 정말 좋았어.

어버이날 잔뜩 준비하고 반응이 어떨까 기대하는 귀여운 눈빛들 생각난다.

어린이날 은근히 기대하는 어른들의 눈빛도 순수해.

스승의날 기념일은 어쩌면 원 없이 감사하는 감사 치팅데이가 아닐까?

어버이날 맞아. 뭐 대단한 걸 받지 않아도 그냥 한 번 더 일상과 주변을 돌아보고 감사하게 되는 날 같아.

어린이날 그래도 가끔은 대단한 걸 받고 싶을걸?

어버이날 애들도 어른들이 용돈 좋아하는 거 아는 날이 오겠지?

스승의날 너 설마 그날만 기다리며 참는 거 아니지?

어버이날 신사임당 같은 어머니 멋지지 않아?

스승의날 그럼 율곡 이이 선생 같은 자식 열 명이어야 하는데….

어린이날 내가 일당백할게. 나도 신사임당 같은 어머니 모실 기회를 줘.

스승의날 못 살아… 어른이고 애고 배울 게 많네… 많아….

검정과 하양의 대담

- 검정
- 하양

검정 안녕하세요. 검정입니다.

하양 안녕하세요. 하양입니다.

검정 또 뵙네요.

하양 네, 우리 구면이죠.

검정 그렇네요. 지난주에도 우리를 걸치고 다니는 인간이 세탁기에 한꺼번에 우리를 넣었죠.

하양 그랬었죠. 더 귀찮은 일이 벌어질 수도 있는데 일단은 귀찮은 대로 행동하는 인간들은 참 신기해요.

검정 저도 매번 신기해요. 어쨌든 이번에도 운 좋게 우리 둘

이 뒤엉켰지만 골치 아프게 섞이진 않았어요.

하양 맞아요. 저로부터 이렇다 할 먼지나 보풀이 떨어지지 않았고, 또 그쪽에 거뭇거뭇한 물빠짐이 생기지도 않았죠.

검정 찬물 세탁을 해서 그랬는지도 몰라요.

하양 그랬을 수도 있겠네요. 더운물을 썼다면 저는 진즉 줄어들었을지도 몰라요.

검정 그래도 호주머니에 휴지나 종이를 넣는 일은 많이 줄어서 좋아요.

하양 그래도 여전히 저를 걸치고 나간 날은 튀거나 묻기 좋은 음식을 먹게 된다니까요. 아무리 확인하고 조심해도 그렇게 될 때는 자포자기하게 돼요.

검정 맞아요. 그렇게 해서 이 구역에 검정의 양상이 더 커진 게 아닐까 싶어요. 검정이라고 다 같은 검정은 아니지만, 저를 걸치고 나가서 오히려 더 깨끗하고 단정한 이미지를 풍기는 인간을 생각할 때면 도움이 되어 다행이라는 생각이 들어요.

하양 우리는 어떤 형태로든 깨끗하고 단정해야 하는 순간에 인간을 돕고 마는 것 같아요. 그게 우리가 원하는 쓰임은 아닐지라도.

검정 사실 이렇게 지내다 보면 부러운 색들이 너무 많아요. 부러울 때 불현듯 주변을 어둡게 만들고 밝게 밝히는 어둠과 빛이 부러울 때도 있지 않나요?

하양 네, 우리처럼 이미 물성을 띤 검정과 하양은 갈 길이 너무 분명해서 더 막막해질 때가 있잖아요.

검정 맞아요. 그래도 가끔 서로 뒤엉켜 세탁기통 속을 뒹굴 때 어지럽지만 재밌다는 생각이 들어요.

하양 맞아요. 찬물을 맞아도 깨끗해지고 있다는 믿음 속에서 지낼 수 있다면 몇 번이고 인간의 게으름에 강요당해도 좋을 것 같아요.

머리카락의 항상성

- 만물박사
- 머리카락

환한 방바닥이 금방 화난 방바닥이 되곤 합니다. 하루도 빠짐없이 빠지는 머리카락 때문입니다. 장발일 땐 상황이 더욱 심각합니다. 머리카락의 길이가 짧다고 해서 상황이 좋아지지는 않습니다. 더욱 집어 버리기 쉽지 않은 상황에 접어들죠. 머리카락을 청소할 때는 줍는 것보다 훔치는 게 탁월합니다. 머리카락은 먼지를 좋아해 조용히 바닥을 훔치다 보면 함께 딸려 오곤 합니다. 다 뭉치고 보면 실체가 대단합니다. 한 가닥과 한 톨의 향연. 오늘도 바닥을 수놓는 이를 따라가 봤습니다.

그거 사실이에요?

머리카락 뭐가요?

누구든 하루에 몇십 개는 반드시 빠지는 거라고.

머리카락 아, 나 말하는 거구나. 맞아요. 머리카락들 운명이 그래. 나도 곧 빠질 예정이고.

영영 안 빠지는 머리카락은 없겠죠?

머리카락 없죠.

뭐 그렇게 단호하세요? 사람들한테 머리카락이 어떤 존재인지 빤히 아시면서.

머리카락 알죠. 돈도 아닌데 부족하면 괴로워하고 많으면 부러워하는 거.

맞아요. 정말 돈처럼 많으면 많을수록 좋고 부럽달까.

머리카락 아는지 모르겠는데 보통 모낭에서는 머리카락 하나 아니면 두세 개 정도 나와요.

네, 들었어요.

머리카락 길면 5~6년쯤 사람 머리에서 자라는 것 같고.

그런데 금방 이별하는 느낌이에요.

머리카락 기분 탓인지 아닌지 잘 따져 봐요.

아 그렇게 냉정하게 말씀하시지 마세요.

머리카락 스트레스 받지 말고.

아시잖아요. 스트레스 안 받기는 어렵다는 거.

머리카락 머리카락도 결국 사람들과 비슷한 시기를 겪어요. 성장기, 휴지기, 쇠퇴기 같은.

지금은 어느 시기를 보내고 계세요?

머리카락 저요? 쇠퇴기죠, 뭐.

언제 빠질까 두렵진 않으세요?

머리카락 그보단 어디에서 빠질까 하는 두려움이 더 크죠.

어디에서요?

머리카락 난 사실 상관없는데 사람들 때문에 그래요.

사람들이 뭐라는데요.

머리카락 내가 깨끗해야 하는 바닥에 떨어지거나 음식에 들어가면 좀 그렇잖아요.

아 뭔지 알아요.

머리카락 제가 빠지는 게 아무리 자연스러워도 조심해야 할 부분이 있다는 거. 그리고 어디까지나 그럴 때는 불결한 것으로 평가받는 느낌인데. 또 부쩍 빠지는 느낌이 들면 난처해하는 사람들 사이에서 이게 무슨 처지인가 싶을 때가 있긴 해요.

귀하게 여기면서도 그렇지 않은 때가 있다는 거네요.

머리카락 네. 저란 존재는 무엇인가 싶을 때가 있어요.

한 사람 한 사람의 인상을 만들어 주는 고마운 존재죠.

머리카락 알아요. 사람들 중에 우리를 전문적으로 다루는 직업을 가진 사람도 있다는 거.

네, 맞아요.

머리카락 그런데 그것과는 별개로 그냥 평소에도 나를 좀 신경 써 주면 어떨까 싶어요. 특별한 날에만 신경 쓰거나 다른 사람들이 어떻게 볼까 하는 시선으로 걱정하는 거 말고.

맞아요. 어떤 대상을 특별히 신경 쓰고 있다는 느낌이 좀 산발적일 때 그런 것 같달까?

머리카락 산발?

아… 그게.

머리카락 그게 자연스러운 건데 사람들은 잘 모르는 것 같아요.

자연스럽죠. 묶었다 풀든, 바람에 날리든. 흔적이 남는 건 정직한 거니까.

머리카락 맞아요. 그래도 가까운 사람들은 서로의 산발을 귀여워하죠.

맞아요.

머리카락 물론 어디 나갈 땐 단정하게 빗고 나가라는 말을 하겠지만.

가까운 사람에게만 보일 수 있는 모습이 있으니까요.

머리카락 그런 건 안심이 돼죠. 가끔 내가 가진 결이 좋아졌다고 느낄 때가 있어요.

트리트먼트나 헤어팩을 했을 때요?

머리카락 그때도 좋지만, 그건 일시적인 거잖아요. 그것도 꾸준히 한다면 좋아지기도 하겠지만 난 사람들이 좋은 걸 먹고 좋은 생각할 때가 좋아요. 그럼 나도 좋아지니까.

그래도 매일 그러긴 어려운 것 같아요.

머리카락 저도 알죠. 그래서 더 좋다고 느껴져요. 그런 순간들이.

앞으로는 저도 그래 봐야겠어요.

머리카락 애써 꾸미는 것보다 가꾸는 게 좋은 거예요. 그렇게 생긴 항상성은 정말 좋은 거예요.

저도 노력할래요.

머리카락 바닥에 떨어진 머리카락은 그때그때 치우고 빗도 가끔 깨끗하게 헹궈요. 그것도 일종의 항상성이랍니다.

이모티콘의 믿음

▸ 이모티콘

이모티콘 안녕하세요. 저는 현대 상형문자입니다. 때에 따라 여러 말을 하기보다 저 하나 골라 보내는 게 좋은 경우도 있어요. 말로는 부족한 마음을 표현하기 딱 좋거든요.
그렇다고 너무 저만 자주 보내면 너무 성의 없어 보일 수 있어요. 만나서 이야기하면 오해가 안 생길 일도 메시지로 주고받다 오해가 깊어질 때가 있어요.
아니라고 해도 사람들은 제멋대로 자기 기분을 실어 메시지를 읽는 경향이 있거든요.
또 좋은 마음을 담아도 저 없이 말 한마디만 써서 보내면 불친절하다 느끼는 사람들이 있어요. 그 사람들을 위해 오늘도 저의 감정노동은 계속됩니다.

이 일을 하면서 가장 뿌듯한 순간은 귀여운 마음을 표현할 때인데요. 각자가 생각하는 귀여움의 기준이 달라서 조금 난처할 때도 있지만 어쩌겠어요. 귀여움이 세상을 구한다는 믿음으로 제게 던져진 뻣뻣한 말들을 조금은 부드럽게 만들어 봐야죠.

귀여움의 또 다른 말은 유연함일지도 몰라요. 진심과 농담을 스트레칭하는 일은 중요해요. 잘 안 써서 굳은 마음도 제가 다 풀어 드릴게요.

보험과 적금의 우선순위

- 만물박사
- 보험
- 적금

없다가도 없는 것이 돈이라는 말에 공감합니다. 공감은 하지만 그 말을 좋아하지는 않습니다. 언제나 있으면 하고 바라니까요. 돈이라는 것은 무엇일까요. 선택의 여지를 주는 것. 저에게 돈은 늘 그런 가치였습니다. 돈이 없으면 선택할 여지가 없었습니다. 그나마 돈이 생기면 어느 정도는 미래에 보내는 게 좋다는 이야기도 많이 들었습니다. 사람 일이 어떻게 될지 알 수 없다는 이유로요. 내일이 갑자기 안 올 수도 있겠지만, 끊임없이 올 수도 있겠다는 생각이 또 돈에 대한 갈망을 부추기네요. 미래 그 어디선가 돈 깨지는 소리가 들리는 것 같아요. 제가 잘못 들은 걸까요.

이렇게 만나 뵙다니 떨리네요.

보험　　저기, 나 들었어?

들어야 한다고 해서 들었어요.

적금　　나는?

죄송해요.

적금　　자신에게 미래가 없다고 생각하는 건가?

아뇨. 그건 아닌데….

보험　　미래가 없다고 생각했으면 나도 안 들었겠지!

적금　　차별하는 건가? 서운하네.

차별이라뇨. 당장 여유가 없어서 그래요.

적금　　이봐, 여유 생길 때까지 나를 안 들고 있으면 여유는 끝까지 안 생기는 걸 왜 몰라.

보험　　정말 몰라서 저러겠어? 미래를 위해 헌납하기가 쉽지 않지. 눈에 보이는 게 없잖아.

저도 마음 같아선 두 분 다 왕창 들고 싶죠. 왜 안 그러겠어요.

보험　　그래. 그치만 정말 납입은 하더라도 수령을 기뻐하진 마. 특히 나에 대한 비용은.

적금　　사고나 병환과 맞바꾸는 돈이라…. 근데 사람들은 그런 거 좋아하지 않나? 큰돈이 들어온다고 하면 안심하거나 눈이 홱 돌아가잖아.

큰돈이 있으면 좋죠. 근데 아프거나 다치거나 죽고 나서 그 돈을 받으면 무슨 소용이 있겠어요. 물론 치료하는 데에 큰돈이 없으면 막막하긴 할 것 같아요. 그래서 없는 형편이지만 기꺼이 드는 거고요.

보험 안 받으면 다행이고, 받으면 불행 중 다행인 돈.

적금 미래를 위해 현재를 투자해야 하는 돈.

미래에 어떤 일들이 일어날지 알면 미리 낙담하거나 무리하는 일이 없을 텐데 말이죠.

보험 알 수 없어서 다행인 것도 있지.

그런가요?

적금 그렇고 말고! 그걸 확신할 수 없어서 돈에 더 목숨을 걸기도 하지만 미래를 너무 잘 알면 김이 새겠지.

보험 그리고 나 혼자 사는 인생이 아니잖아. 그게 변수인데, 변수 없는 인생이 말이 될 리 없지. 알아도 그대로 될 리가 없어.

왜요?

보험 사람들 변덕이 좀 심해야 말이지.

적금 하루에도 몇 번씩은 왔다갔다 하고 심지 있게 밀어붙여도 후회하잖아. 가만히 있으면 될 일도 망치고, 조금

만 움직여도 될 일을 안 하거나 해도 너무 해서 문제가 되니까.

미래를 모르니까 불안해서 그러죠.

적금 미래를 알면 정말 안 불안할 거라고 생각해?

네. 그럴 것 같은데….

보험 갑갑하다.

뭐가요.

적금 문제는 미래가 아니야. 자신의 마음이지.

무슨 소리예요?

보험 난 알겠는데? 무슨 일이 일어나는 거 그래 그게 중요할 수 있어. 모든 일의 발단이 되는 사건은 있기 마련이지. 근데 정말 중요한 건 말야.

적금 정말 중요한 건 그 일이 일어난 뒤의 마음.

보험 아니 왜 남의 말을 가로채고 그래.

적금 누가 먼저 말하든 무슨 상관이야. 우리 모두 미래를 위해 태어났는데.

보험 그래… 그래도 내가 하던 말이니까 내가 마무리할게? 정말 중요한 건 그 일이 일어난 뒤의 나와 주변의 마음. 그걸 잘 헤아리지 못하면 몇 번이고 같은 잘못을 반복할 거야. 돈이 해결할 수 없는 문제. 그건 다 그런 것에서 비롯된 거야.

아… 그래서….

적금 우리에게 돈을 붓는 마음. 그거 다 잘살고 싶어서 그런 거잖아. 만에 하나 하는 마음. 그것만 헤아려도 대부분 문제가 풀려. 저 사람이 왜 저러는지. 그 일이 나에게 벌어졌는지.

보험 결코 이해할 수 부분도 있겠지. 그래도 억지로 이해한 척은 하지 말아. 그것만 안 해도 반은 헤아리기 시작한 거니까.

시계의 질문

‣ 시계

시계

1. 보통 하루에 저를 몇 번 쳐다보나요?

2. 바늘이 있는 제가 좋나요? 없는 제가 좋나요?

3. 가끔 저를 안 보고도 몇 시인지 맞힐 수 있나요?

4. 제가 없다면 어떻게 약속 시간을 정하시겠어요?

5. 제가 없어도 규칙적으로 살 수 있나요?

6. 저는 흘러가나요, 반복되나요?

7. 어떨 때 시간의 영향을 크게 받았다고 느끼시나요?

8. 시간의 영향을 받지 않는다면 무엇을 하시겠어요?

9. 시간 덕분에 소중해진 것이 있나요?

10. 시간을 재는 시간마저 줄이면 행복해질까요?

11. 저조차도 잴 수 없는 마음의 여유를 얼마나 지니고 계신가요?

12. 멈추거나 건너뛰지 않고 나란히 함께 걷는 시간에 이름을 붙여 주세요.

4장

사물과 사람의 조상이

사랑이라는 속설

잎새의 갈피

▸ 만물박사
▸ 잎새

잎새에 이는 바람과 빛을 좋아해요. 그 위를 적시는 비도 좋아해요. 아, 눈도요. 계속해서 흔들리고 내려앉고 또 서로 부대끼는 잎새를 좋아해요. 이 모든 게 사랑하는 마음 같기도 해서 그런가 봐요. 누군가를 좋아할 때 저는 대체로 무성해져요. 사랑하는 시절은 모든 게 무성해요. 그래서 지나고 나면 모든 게 소문 같죠. 제대로 알아보지도 않고 퍼뜨린 추억이 많아요. 추억은 다르게 기억된다는 말이 있잖아요. 그 말이 좀 씁쓸해도 이렇게 생각해 보면 어떨까 해요. 각자 그래도 그 사랑에 관심이 많았나 보다. 그래도 그 추억의 진가는 당사자만 아니까. 끝에는 늘 상처받았다는 생각으로부터 멀어져요. 정말로 사랑했다는 진심이 진실처럼 남는다면.

잎새 저기요. 아까부터 왜 자꾸 제 쪽을 쳐다보시는 거예요?

바람에 흔들리는 모습이 아름다워서요.

잎새 근데 눈빛은 뭔가 슬프달까? 왜 이렇게 슬퍼?

아름다운 풍경을 보면 가끔 슬픈 감정이 들기도 하지 않나요?

잎새 그런가? 그런데 지금 저희 대화 마치 산울림 노래 같네요.

아, 〈창문 너머 어렴풋이 옛 생각이 나겠지요〉 맞죠?

잎새 네. 그 노래. 그 노래 가사처럼 가 버린 날들이 너무 많은 거 아녜요?

가 버린 날들 많아졌죠. 그래도 아직 한창이라고들 하던데요.

잎새 언제까지가 젊음인 거예요?

글쎄요. 우리나라에서 청년 관련 제도에 적힌 자격을 보면 청년은 보통 만 34세라고 하더라고요.

잎새 그래요? 요즘 사람들 장수하게 됐다더니 조금 더 많아도 청년 아닌가?

잘 모르겠어요. 평균이니 통상이니 해도 결국 개인차가 있는 거니까.

잎새　　그렇죠. 우리도 그래요. 비슷한 때 틔워진 잎새인데도 누구는 나보다 먼저 나무를 떠나고 누구는 나보다 더 오래 있고 그래요. 이별하는 때는 아무도 약속할 수 없어요.

슬프다.

잎새　　모든 걸 다큐로 받지 마요.

예능의 끝은 결국 다큐라고 방송인 이경규도 말하던데요….

잎새　　그래요. 편한 대로 받아들여요. 삶도 이별도.

받기엔 너무 커요.

잎새　　아니면 나와 비슷한 부피로 받아들여요. 어때요?

아무리 잎새가 작고 많이 붙어 있어도 마지막 잎새만 남으면 받아들이기 힘들 거예요.

잎새　　저라고 혼자 끝까지 남아 있고 싶겠어요?

알죠. 근데 잎새들도 매번 같은 잎새로 태어나는 건 아닐 테지만 매년 새로운 생을 산다는 게 신기해요. 부럽기도 하고.

잎새　　대신 사람들은 매일 잠을 자고 일어나지 않나.

자고 일어나도 특별히 다른 하루를 살진 않는 것 같아요.

잎새　　우리도 마찬가지죠. 떨어지고 새로 자라고 해도 특별히 다른 생을 살진 않아요. 그래도 끝에 어떤 바람을 만나느냐에 따라 다른 풍경을 마주하긴 해요. 운이 좋으면 잎새 하나 각별하게 보는 사람을 만나 책장 속에 간직되기도 하고요.

한 시절을 간직하는 거죠.

잎새 그리고 무엇보다 그렇게 떨어져서 결국 어떤 잎새가 자라는 데에 또 거름이 되기도 하니까 그게 우리에겐 보람이에요.

그냥 더 큰 존재로 살아가면 좋겠다 하는 생각을 한 적은 없나요?

잎새 아뇨. 특별히 그런 생각은 해본 적이 없는데….

그냥 그 자체로 만족하는 삶이 좋다고는 들었어요.

잎새 어쨌든 나부끼고 사는 게 좋아요.

영향을 받지 않고 독자적인 삶을 살면 편할 수도 있잖아요.

잎새 그럴 수도 있죠. 근데 전 정말 하루하루 나부끼고 사는 게 좋아요.

어떤 점에서요?

잎새 일단 뿌리부터 시작된 이야기를 내 모습으로 전할 수 있는데, 나처럼 잎새로 살아가는 다양한 잎새들을 보면서 또 새롭게 받게 되는 에너지가 있거든요. 그리고 어떤 바람이나 비, 해가 오면 비슷한 영향을 받은 잎새들과 공통 분모를 갖게 되고요.

사람들이 사는 모습과 비슷한 것 같아요.

잎새 멀리서 보면 하나겠지만 우리 입장에선 무리지어 사는 거죠.

그럼 지긋지긋할 때도 있지만 외로움은 확실히 덜하죠.

잎새 결국 거의 끝까지 남아 외로워질 때도 있지만 그건 또 그거대로 의미가 있으니까요.

저한테 다큐로 받지 말라고 하시더니 완전 다큐 같은 이야기를….

잎새 재미없었다면 미안해요.

근데 꼭 웃겨야만 재미있는 건 아니잖아요.

잎새 맞아요. 아기자기하게 즐거운 기분이나 느낌이 든다면….

사전 좀 읽으셨나봐요?

잎새 이 정도는 알죠. 전생에 읽은 책이 몇 권인데!

돌의 심지

‣ 만물박사
‣ 돌

손에 적당히 쥐어지는 돌이 몇 개 있습니다. 제가 좋아하는 영화에 그런 장면이 나와요. 소중한 사람과 돌을 주고받는 모습이요. 돌이 일종의 편지의 역할을 하는 그 장면이 좋아서 집에 하나둘 들여놓은 돌이 열두 개나 되네요. 한 달에 한 번씩 그 순간 적당히 쥐고 싶은 돌을 쥐면서 시 한 편을 쓰기도 하는데요. 그런 차분함 속에서 보낸 하룻밤이 저를 살리기도 해요. 한때 저를 살린 어떤 돌과의 대화를 기억합니다.

돌 저를 찾으셨다고요?

네, 언젠가 한 번은 제대로 이야기를 나눠야겠다고 생각했거든요.

돌 저랑요?

사실 좀 미안한 것도 있고….

돌 뭐가요? 아! 알겠어요. 근데 너무 늦은 사과 아닌가요?

죄송해요.

돌 괜찮아요. 언제쯤 제자리로 되돌아가려나 생각하다가 그 생각도 관뒀어요. 가끔은 예상치 못한 자리에도 불려 가보고, 그런 경험도 필요한 거죠. 그보다 예전에 제 옆에 있던 문샤인 산세베리아가 왜 그렇게 됐는지 알고 계신 거죠?

네, 이번에도 과습이에요.

돌 물을 많이 줬어요?

아뇨… 제때 적당히 줬는데… 이 집은 환기가 잘 안 돼요.

돌 알아요. 화분을 밖에 내어 두고 제때 챙겨 올 여유 없는 거. 환기해도 미세먼지의 순환일 뿐이다, 생각하는 것도 다 알아요.

듣고 보니 정말 제가 생각해도 저 자신이 한심하네요.

돌 상태를 바꾸는 게 어려우면 바꿀 수 있는 환경부터 조금씩 바꿔 보면 어때요.

제 상태가 안 바뀌면 어떤 환경이든 똑같이 별로라는 생각이 들지 않을까요?

돌 그렇겠죠. 그래도 계속 이런 식으로 말만 바꿔 가면서 그대로인 것보단 낫지 않을까요?

그렇네요. 부쩍 왜 나는 변함이 없지, 그런 생각이 들어요.

돌 그럴 땐 내가 아닌 누군가 혹은 무언가에 영향을 받는 게 제일 빠른 길이긴 하죠. 그래도 너무 다양한 것에 영향을 받으려고 기를 쓰지 말아요. 하나에 목매지도 말고요.

그럼요?

돌 저 뭐처럼 보여요?

갑자기요?

돌 뭐처럼 보이는지 말해 봐요.

돌… 이겠죠?

돌 맞아요. 저 이렇게 보면 돌이잖아요. 그렇죠?

그렇죠.

돌 근데 제 비밀 그쪽도 알고 있잖아요.

아, 그래도 돌은 돌이죠.

돌 뭐 때문에? 용도 때문에? 내가 단지 돌 모양으로 만들어져서?

그렇지 않을까요?

돌 저는 그럼 돌로서 가치가 없다면 돌이 아니겠네요?

아뇨. 그냥 이렇게 봐도 저렇게 봐도 진짜 돌 같아요. 만들어진 돌처럼 안 보여요.

돌 방금 만들어졌다고 했죠. 진짜 돌도 만들어진 거 아니에요? 자연이 만들었다.

그렇죠….

돌 그럼 만들어졌다는 말을 태어났다는 의미로도 볼 수 있잖아요. 저도 그들도 결국 만들어진 거예요. 태어난 거예요. 그게 자연스럽든 자연스럽지 않든, 그 자체로 충분하다고 느끼는 사람에게 우리는 모두 돌이 될 수 있죠. 철저히 필요에 의해 계산된 저도 어느 순간 그런 기회를 선물 받기도 하니까.

맞아요. 처음 봤을 때 문샤인 산세베리아와 정말 잘 어울리는 돌이셨어요. 영락없는 돌 그 자체. 지금도 그래요.

돌 아 이제야 좀 제대로 된 마음에 놓인 기분이 드네. 이제 정말 어디에나 놓여 있어도 될 것 같다는 기분이 들어요. 나는 돌이니까. 그래도 계속 옆에서 이야기를 나눌 수 있는 친구는 필요해요.

제가 어떻게 해서든 시일 내에.

돌 서두르지 마시고 잠깐 저를 들어서 보세요.

물결이 있네요?

돌 맞아요. 저는 멈춰 있지만 흐르고 있다는 확신이 있는 돌멩이처럼 자신감 있는 표정을 짓고 있어요. 제 표정 좀 따라 해 보세요.

네? 제가 어떻게 따라 하나요?

돌 제가 미안해요. 우리 같이 아는 돌멩이 이야기 좀 해볼까요. 〈해리포터와 마법사의 돌〉 봤죠? 거기서 해리가 어디에서 돌을 꺼냈는지 기억해요?

소망의 거울?

돌 그래요. 그 거울이 하나의 방벽이었어요. 해리가 그 돌을 꺼낼 수 있었던 건 절실하게 찾았지만, 그것을 이용할 마음은 결코 없었기 때문이에요.

아… 그러고 보니 저 좋아하는 장면이 있어요.

돌 뭐예요? 론이 호그와트로 가는 기차 안에서 엄마가 싸 주신 간식을 꺼내면서 멋쩍게 웃는 거?

아 그 장면도 좋고요. 소망의 거울 앞에 선 해리에게 덤블도어가 꿈속에 사느라 현실을 잊어선 안 된다고 당부하는 그 장면, 저는 그 장면 좋아해요.

돌 저도 그 장면 좋아해요. 그러고 보면 꿈에는 정말 많은 것들을 포갤 수 있는 것 같아요. 그게 정말 좋더라고요. 어떻게 보면 판타지 같기도 하고요.

맞아요! 그런데 방학이면 해리가 지내야 하는 벽장이나 좁은 방이 현실의 해리에게는 가장 안전한 공간이라는 사실이 좀 웃프달까요?

돌 근데 한번 잘 생각해 봐요. 현실에도 충분히 포갤 수 있지 않을까요. 꿈에서 그랬던 것처럼. 절실하게 찾고 싶은데 이용하고 싶지 않은 것, 그게 언젠가 우리를 어떤 뒤통수로부터 구해 줄 거예요. 그리고 그건 우리가 정직하게 바라볼 수 있는 소망의 거울 속에, 우리 자신에게 있을 거예요.

꽃의 시간

- 만물박사
- 꽃

어느 순간 꽃을 보면 꽃말을 찾아보게 돼요. 꽃말은 꽃의 좌우명 같은 걸까요? 사실 그 말조차 인간이 지은 거겠지만, 인위적인 것도 자연과 궤를 같이하면 일리가 있어 보입니다. 자연에 빗댄 고백은 더없이 황홀하죠. 꽃으로 하는 고백도요. 되도록 오래 보고 싶은 것들은 아름다워요. 꽃도 그중 하난데 그 아름다움을 오래 지킬 수 없어서 슬프기도 합니다. 인간으로서 역량 부족을 느끼게 되는 일 중 하나예요. 그런데도 어느 순간 피어나는 마음에 감동할 수 있는 다른 한편의 역량이 있어서 감사해요. 꽃처럼 어떤 사람을 기억할 수 있는 일도 그저 감사해요.

꽃　　어차피 시들 거 뭐하러 사나….

네?

꽃　　지금 저 보면서 그 생각하고 있었죠?

아닌데요….

꽃　　아니긴.

정말인데요?

꽃　　그래요. 어쩌면 제 자격지심에 한 말일 수도 있어요.

아니 또 뭐 그렇게까지 말할 필요가 있나요?

꽃　　너무 예쁘게 태어나도 좋지 않은 것 같아.

그래도 예쁘면 좋지 않나요?

꽃　　좋지. 사람들이 날 보면 웃잖아.

웃을 수밖에 없죠.

꽃　　근데 난 좀 뿌리째 오래 살고 싶어.

줄기만으로는 아무래도 한계가 있죠….

꽃　　있지. 다발로 묶이는 것도 좋은데 오래 사는 꽃들의 기분도 좀 알고 싶어.

근데 그거 아세요? 어느 순간 저한테 말 놓으셨어요.

꽃　　아 미안해요. 미안. 그냥 이렇게 된 거 놓자! 놓을게?

그러세요….

꽃 내가 평소에 혼잣말을 많이 해서 그래. 혼잣말을 존댓말로 하는 사람은 없잖아.

있을 수도 있겠지만 뭐… 근데 왜 혼잣말이 많아지셨는데요?

꽃 그냥 시들까 봐 두려워서. 오래 가도 몇 주를 못 가니까. 나는 오히려 사람들이 기쁘다고 나를 사갈 때 두려움을 느껴.

그런데 이미 누군가가 사가지 않아도 언젠가는 시들잖아요.

꽃 그치. 난 농장에서 태어났거든. 결국 팔려야 하는 목적으로 피어난 건데도 그래.

어느 누가 시드는 걸 좋아하겠어요.

꽃 맞아. 너도 인생이 활짝 핀 것 같은 순간과 시든 것 같은 순간이 있잖아.

그렇죠.

꽃 나는 그게 순간이 아니라 평생이야. 일생이라고. 그러니 기분이 어떻겠어?

초조할 것 같아요.

꽃 그렇지. 근데 그럴수록 겸허해진다.

초조함 끝에 겸허함이라….

꽃 그러니까 나보러 한 철이라니. 그런 말은 안 했으면 좋겠어. 그건 순전히 인간의 입장인 거잖아.

그러게요. 이 타이밍에 듣기 좋으시라고 꺼내는 말은 아닌데 모든 기념의 자리마다 뵙게 되어 그게 좋아요.

꽃　맞아. 대체로 기분을 전환하고 싶을 때 사람들은 나를 사지.

보고 있으면 정말 기분이 괜찮아지거든요.

꽃　어떤 자리에 가면 사람들 마음도 편치는 않더라.

어떤 자리요?

꽃　누군가의 장례나 기일 때. 그런 자리에선 생생하다 시들어가는 내 모든 상태가 납득이 가.

그 모든 상태가 아름답다는 것을 인정해야겠죠.

꽃　그래. 영원도 무형이기 때문에 더욱 가치 있는 것일 수 있다는 생각이 들어.

그 가치와 함께 빛나는 게 우리의 유한한 삶이라는 거.

꽃　그럼에도 피어난 삶이라는 거.

나방하고 나비하고

- 나방
- 나비

나방 나비야. 나비야. 이리 날아 오지 마. 나 진짜 너랑 비교되기 싫어서 그래. 되도록 사람들 앞에 동시 출몰하는 일은 없도록 하자. 내가 이렇게 말하면 너는 사람들 눈 의식할 필요 없다고 하겠지?

그날 너와 마주쳤을 때 말이야. 비슷한 이름에 날개를 가진 것도 인연인데 잘 지내보자는 너의 말에 감동할 새도 없이 나는 손뼉 치고 채찍질하는 사람들 손짓을 피해 바삐 도망가야만 했어.

언제쯤 사람들이 나를 향한 오해를 풀 수 있을까? 솔직히 나는 일말의 기대도 없어.
자신들이 특정하는 아름다움의 기준이 누군가에게는 얼마나 큰 상처를 주는지 모를 거야. 때때로 자신들도 그 기준에 묶여 넘어지고 다치면서. 나를 보면 무모하게 빛을 향해 달려들어 죽는 못생긴 날벌레라고 생각하고 말겠지.

나비 나방. 나방아. 이리 좀 날아와 봐. 너를 잘 알지 못하는 사람들의 시선에 여러 번 곤욕을 치른 거 알아. 그래서 이리로 오라고 말하기가 나 역시 두렵지만, 사람들은 알아야 해. 너도 나처럼 더러는 꿀을 찾아 꽃에 앉아 있기도 하고 아름다운 날개를 지녔다는 걸.
그들은 우리가 아주 다르다고 생각하지만, 우리 자신은 아는 게 있잖아. 그리고 네가 꽃에 날아들지 않아도 생김새가 화려하지 않아도 너는 너야.
네가 빛을 향해 날아드는 건 무모한 게 아니라 달빛을 기준으로 날아가는 방향을 잡기 때문이지. 사람들이 무분별하게 켜놓은 빛 때문에 길을 잃을 뻔한 너를 탓하지 않았으면 좋겠어. 이번에는 우리 좀 더 안전한 곳으로 날갯짓을 해 보자.

열매도 열매 나름

- 만물박사
- 열매

지금 너에게 중요한 건 성취가 아니다. 어느 날 제 이야기를 가만히 듣던 친한 언니가 얘기했어요. 저는 결과에 급급한 사람이라 천천히 하면 이룰 것도 나서서 망치곤 했어요. 제 나름대로 꾸준히 한 일들이 있지만, 그것들을 할 때도 남모르게 자주 무너졌어요. 아직 부족하다는 생각으로 노력할 필요도 있지만, 그 정도가 너무 심해서 문제였죠. 당장에 무언가 대단한 결과를 바라는 이 마음은 어디에 근거하는 걸까요? 끝없는 욕심을 안고 열매 대표를 불러냈습니다.

열매 안녕. 나오라고 해서 나왔다만 내가 세상 모든 열매를 대표해서 말해도 될지 모르겠어.

그래서 어떤 열매라는 건 밝히지 않으려고요.

열매 그래 잘 생각했어. 나한테 궁금한 게 뭐야?

대개 열매들은 씨앗을 품고 있다고 들었어요.

열매 맞아. 물론 씨앗 없는 열매들도 있어. 자연적으로 열린 열매도 있지만, 인간들이 개량해서 열린 열매들이 꽤 있지.

씨앗은 어떤 의미예요?

열매 나한테?

네.

열매 후일을 위한 근본이지.

말이 너무 어렵네요.

열매 내가 사라져도 남아 있어야 하는 것이지.

그렇게 중요한 건데 사람들이 쉽게 뱉어서 버리거나 삼켜 버릴 때가 많네요.

열매 괜찮아. 먹을 수 있는 열매라면 인간이 많이 만들고 어떻게든 알아서 잘 키우니까.

정말 괜찮은 건가요?

열매 뭐 굳이 따지자면 먹을 수 있는 열매든 못 먹는 열매든

다 잘 자랄 수 있게 기후 위기나 막아 주면 좋겠어.

그건 요즘 저희도 체감해요.

열매 꼭 인간들은 체감을 해야만 움직이더라.

그러게요. 사실 체감을 해도 안 움직이는 거 같아요.

열매 정말 나 같은 결실을 맺기엔 갈 길이 먼 존재들이야. 계속 핀잔을 주게 되네.

괜찮습니다.

열매 뭘 또 그렇게. 너도 인간들 대표해서 사과한 거라고 생각할게.

네….

열매 혹시 그거 알아? 사과가 헛열매라는 거.

헛열매요?

열매 응. 참열매와 헛열매 몰라?

들어 본 것 같기도 하고.

열매 이제라도 알려 줄게. 참열매는 씨방 부분이 자라서….

큽….

열매 시방 웃었어?

아 죄송해요. 갑자기 씨방이라고 하니까.

열매 참 별게 다 웃을 일이다. 그래도 웃으면 복이 오니까 참는다. 복은 또 인간들에게 열매 같은 거니까.

아….

열매 안 웃어?

(미소)

열매 아무튼 그 씨방이 열매로 자라면 참열매. 꽃받기, 꽃받침 등이 자라면 헛열매.

이해됐어요.

열매 정말? 그럼 딸기는 참열매게 헛열매게?

참열매?

열매 땡!

헛열매라고요? 그 바깥에 있는 그거 씨앗 아녜요?

열매 씨앗이라고 믿던 그게 열매. 그 자잘자잘한 게 열매!

거짓말…!

열매 속고만 살았나. 그 자잘자잘한 열매를 지탱한 부분이 과육이 된 거라고.

이럴 수가.

열매 보여지는 그대로를 믿지 말고 과정을 잘 알아야 돼.

아직도 믿을 수가 없어요.

열매 사과랑 배도 헛열매다.

아니 세 개 다 자주 먹는 과일들인데….

열매 그러니까 과정도 모르고 그동안 결과만 누렸네.

그렇게 누린 게 얼마나 많을까요?

열매 엄청 많겠지?

또 제가 모르는 게 있을까요?

열매 그건 스스로 알아가야지. 만물박사라며.

세상만사 제가 다 알 리가….

열매 그래도 깨우칠 수 있을 때까지 깨우쳐. 참열매든 헛열매든 크게 열리려면 과정이 필요한 거니까.

모기와 파리의 예술성

- 만물박사
- 모기
- 파리

안녕하세요. <위잉위잉> 음원 저작권 소유자를 제대로 파악하고자 여러분을 소집했습니다.

모기　　그 소리 제 겁니다.

파리　　아닙니다. 제 소립니다.

근데 아시죠? 2014년 발매된 혁오 앨범에 실린 노래 <위잉위잉>에서는 하루살이 거라고 나와요. 이미 오래전부터 사람들 사이에선 이미 그렇게 공표가 됐어요.

모기　　기가 막히네. 내 소린데 진짜.

파리　　진짜 억울한 건 나지. 날벌레들 가운데 내 날갯짓이 오리지널이라고.

모기 어째서? 사람들이 내 날갯짓 소리를 들을 때 얼마나 까무러치게 놀라는지 알아?

파리 너한테 피 빨릴까 봐 그런 거잖아. 그거 말고 뭐 다른 이유가 있어?

모기 그 소리에 담긴 놀라운 음악성 때문이지.

파리 뭐? 말이야 방구야.

모기 내 이 치열한 날갯짓에서 뿜어져 나오는 기묘한 음정이 주는 긴박감. 영화음악으로 쓰여도 이상하지 않다고.

파리 제발 우길 걸 우겨라.

모기 사람들 먹는 음식에 알짱거리는 한량 주제에 네가 뭘 알아.

파리 뭘 모르나 본데 위대한 악상은 여유 속에서 떠오르는 거야.

모기 너야말로 뭘 모른다 확실히. 예술은 치열한 거야. 나처럼 뭐 하나 독하게 물어 보고 하는 소리냐 지금?

파리 사람 피 빨아 먹는 게 자랑이다. 먹을 게 없어서 사람 피를 먹냐?

모기 너 피에서 어떤 맛이 나는지 모르지?

저 지금 너무 무서운데요. 이러다가 저 무는 거 아니죠?

모기　안 물어 걱정하지 마. 내가 아무리 모기라도 사람 봐 가면서 물어.

정말 안 물거죠?

모기　아 진짜 안 문다니까. 엄청 징징거리네.

파리　참나 만물박사 피에서는 네가 좋아하는 그 맛이 안 나는가 봐?

모기　그건 아니고… 가렵다고 긁으면서 울상짓는 거 꼴 보기 싫어서. 그리고 내가 아는 피 맛은 녹슨 쇠 맛이야.

파리　네가 녹슨 쇠 맛을 어떻게 알아.

모기　배고프면 이것저것 입을 갖다 대고 그러는 거야. 너는 식탐만 많아서 여기저기 귀찮게 알짱대는 거고.

파리　야 점점 말이 세진다?

사이코패스와 소시오패스의 만남 같아요.

모기　물리고 싶어?

아… 아뇨….

파리　나랑 얘랑 엮지 마. 피곤해. 해충으로 불리는 것도 겁나 기분 나빠.

모기　어쨌든 저작권은 내 거야. 그런 줄 알아.

파리　협박하고 자빠졌네.

근데 왜 이렇게 날갯짓을 인정받고 싶어해요?

파리 인간적으로 생각해 봐.

모기 재는 인간이니까 인간적으로 생각하겠지.

파리 진짜 쓸데없는 걸로 물고 늘어지지 말고. 큰 날개를 가진 새나 아름다운 날개를 가진 곤충들은 우리랑 장르가 이미 다르고. 그런 날개로 날기는 쉽지. 그리고 멋있어 보이기까지 하잖아. 나 같은 날개를 달고 열심히 날갯짓하는 거 그게 오히려 예술 아니겠어?

모기 야 치열한 걸로 따지면 내가 너보다 초당 날갯짓 횟수가 더 많은데 내가 더 치열하지.

예술이 신기록 싸움은 아니잖아요. 독보적이어야 하는 건 맞는데 기준이 없는 거 아니에요?

파리 그럼 네 말은 얘도 예술하고 나도 예술하고 그렇단 말이야?

모기 그럴 바엔 그냥 살아가는 모든 존재가 모두 예술이라고 해라.

파리 과연 시인이네.

비꼬지 마세요.

모기 난 근데 그런 거 딱 질색. 머리에 꽃밭을 이고 있는 것도 아니고. 내가 필요한 건 꿀이 아니라 피인데.

파리 땀 흘리는 사람만 무는 것도 그거 죄악 아니냐.

모기 입맛 떨어지게 하는 너보단 나아.

다들 대단하세요.

파리 비꼬지 말아라.

제가 죄송해요. 어쨌든 계속 이렇게 싸우기만 하면 어떻게 해요. 그럼 누가 누구를 표절하기라도 한 거예요? 솔직히 두 분의 <위잉위잉>이 음악으로 따지면 템포만 조금 다르지 거의 흡사하다고요.

파리 거참! 어디가 비슷해?

그냥 소름 끼친다는 면에서 진심으로 비슷하다니까요.

모기 얘 뭐라냐. 진짜 물리고 싶어?

아니 진짜 패러디도 아니고 오마주도 아니면 표절인 건데…. 두 분이 서로에게 지대한 영향을 끼칠 만큼 그렇게 좋아하는 사이도 아니고 가까운 사이도 아닌 것 같은데요.

파리 오! 아주 예리해. 그래서 말인데 그만 인정해 줘라. 내 날갯짓의 예술성을.

모기 그게 예술이면 예술 다 죽었다. 자 이제 만물박사가 판단해. 우리 중 진짜 예술을 하는 게 누구인 것 같아.

아니 왜 이렇게 어려운지, 아 진짜 모르겠어요.

파리 예술 한다는 애가 자기만의 기준이 없어서 어떡해?

모기 주관을 세우란 말이야.

제가 그런 걸 판단하기에는 여러분처럼 날개가 없어서 잘 모르겠고요. 한 가지 확실한 건 인간의 입장에서 그 소리가 소름 끼칠 정도로 놀라운 건 사실인데 그게 좋은 음악 같진 않아요. 재난 문자 경보음이랑 비슷한 느낌이라고 해야 하나. 근데 그걸 어떤 사람은 예술이라고 느낄 수도 있겠죠? 근데 지금의 저로서는… 그니까 여러분의 <위잉위잉>은 클리셰가 확실하달까요?

모기 어딜 봐서 클리셰라는 거야.

파리 진부하다니. 그럴 수가 있어? 우릴 볼 때마다 그렇게 놀라면서.

그러니까 제 말은 이미 제 머릿속에 클리셰로 각인됐어요. 이거는 제가 바뀌지 않으면 바뀌지 않는 부분이에요. 결국 예술은 하는 사람의 역량이기도 하지만 받아들이는 사람의 몫인 거예요.

모래의 장단

▸ 만물박사
▸ 모래

어릴 때 운동장이나 놀이터에서 놀고 나면 늘 모래를 털기 바빴어요. 잠깐만, 이렇게 말하면 너무 옛날인가. 아니다. 옛날 아니고 예전 정도로 해 두죠. 어쨌든 아는 분들은 아시겠지만, 그 놀이터 모래에 간간이 조개 껍질이 섞여 있었어요. 전 그거 줍는 거 되게 좋아했는데. 지금 슬쩍 시선 피하시는 분들이 있네요. 괜찮아요. 어차피 우리 모두 늙어요. 다 흙으로 돌아갈 몸이라 이 말입니다. 잠깐만, 또 저 혼자 너무 갔네요. 햇볕은 쨍쨍 모래알은 반짝. 민망할 때 타령하듯 노래하는 것도 설마 노화의 증거는 아닐 거예요. 근데 아까부터 저기 뭔가 반짝이는데요? 보이세요?

모래 나 같은 모래 처음 보는 듯한 얼굴이네요.

바닷가 모래는 언제 봐도 반가워요.

모래 나 좀 손에 쥐고 어떤 느낌이 드는지 말해 줄 수 있어요?

지금요? 틈을 타고 빠져나가는 느낌이에요….

모래 내가 돌멩이였다면?

그대로 쥘 수 있었겠죠.

모래 내가 어느 정도 크기여야 모래고 돌멩이일까 생각해 본 적 있는데 그건 다 사람의 기준이더라고요. 어떤 생물에겐 나도 바위일 수… 이건 너무 간 건가…?

그럴 수 있죠.

모래 수용이 빨라서 좋네요. 혹시 저로 만든 시계 사용해 봤어요?

네. 아래로 다 쏟아지면 뒤집어 두고 그렇게 반복하면서 가만히 지켜보는 거 좋아해요.

모래 세월을 겪는 데 익숙해졌더니 시계도 되어 보고 참 별일이라는 생각이 들었어요. 바위나 돌멩이였다면 경험할 수 없는 특별한 일이랄까.

사람이 지금보다 훨씬 더 작은 신장이었다면 모래시계는 없었겠죠.

모래　　그러니까요. 모든 것이 상대적이라는 느낌을 지울 수 없어요.

누구에게나 자신으로 지내서 경험하는 것들이 있는 것 같아요.

모래　　그런 점에서 쉽게 부러워질 때도 많은 것 같아요. 나로 지내서 유리한 점도 있지만 불리한 점도 있으니까. 그런 거 있지 않아요?

많죠.

모래　　구체적으로 어떤 것들이 불리하다 느껴져요?

그게….

모래　　사람들은 이렇게 주저할 때가 많더라.

스스로 불리한 점을 이야기하면 왠지 단점이나 약점 같아서요.

모래　　그걸 밝히면 책잡힐 것 같아서 그렇죠?

맞아요.

모래　　그래요. 뭐 밝히고 안 밝히고는 본인 자유니까. 그렇지만 숨기면 정말 더 숨기고 싶은 무언가가 된다는 것만 알아 둬요. 그런 의미에서 난 밝힐게요.

불리한 점요?

모래　　맞아요. 파도를 만나도 잘 말라요.

그건 좋은 거 아닌가요?

모래 그런데도 사람들의 젖은 발에는 잘 붙어서 문제예요.

맞아요. 털기가 정말 어렵더라고요.

모래 그래서 본의 아니게 먼 여행을 떠난 모래들이 많아요.

그럼 그것도 좋은 거 아닌가요?

모래 그런가? 아니 용기 내서 밝혔는데 죄다 장점이라고 하니 민망하네요.

좋은 거네요? 꼭 나쁜 것만은 아닌 것 같아요. 자신을 드러내는 거!

모래 무조건 좋다고 할 순 없지만, 마음이 가벼워지긴 해요. 이제야 내 무게를 찾은 것 같달까.

이상하게 남의 장점은 잘 찾게 되는 것 같아요.

모래 이 또한 상대적인 거라고 해야 할까요? 미워하는 마음을 덜고 각자 부럽다고 느낀 점을 서로 알려 주기만 해도 우리 모두 적당한 크기의 자신감을 찾아갈 텐데 말이죠.

한 그루의 말

- 만물박사
- 나무

내가 모르는 나무가 내가 아는 나무의 자세로 서 있었습니다. 나무가 나무의 자세로 있었을 뿐인데, 그날부터 이상할 만큼 자주 눈에 들어왔습니다. 서울 마포구 주택가 골목에서 마주친 나무는 전봇대보다 높았고, 바로 옆에 있는 주택보다는 조금 낮았습니다. 벽에 바짝 등을 대고 키를 재는 아이처럼 서 있던 나무 뒤로 오래된 주택의 벽돌이 켜켜이 눈금을 그리며 나무의 기둥과 비슷한 갈색을 맞추고 있었습니다.

안녕하세요. 점심이면 늘 오가던 길이었는데 만나 뵙고 싶어서 퇴근 후에 한달음에 달려 왔어요.

나무 정말요? 저 때문에 여기까지 오셨는데 날이 흐려서 어떻게 해요? 비 오기 전에 얼른 집에 가세요.

비 맞는 사람 걱정해 주는 나무는 처음 봅니다.

나무 걱정은 되는데 제가 어떻게 할 수는 없어요. 다른 나무 같으면 잠시 제 그늘 밑에서 비를 피하라고 할 텐데 그렇게 할 수가 없거든요. 보시다시피 제가 이런 꼴이라.

꼴이라뇨. 크리스마스 트리처럼 생기셨어요.

나무 그거 좋은 말인가요?

네. 좋은 말이에요. 겨울에도 분명히 여기 계셨을 텐데. 제가 그때 여기 계신 줄 알았다면 근사하다고 말씀드렸을 것 같아요. 눈이 오면 분명 더 멋진 모습일 것 같거든요.

나무 맞아요. 사시사철 같은 꼴이라 그때가 되면 저도 조금은 변하는 기분도 들어서 겨울이 살짝 기대되는 때도 있어요.

그렇군요. 저도 그맘때가 좋아요. 분명 같은 계절인데 다음 해로 넘어가는 시점이라 그런지 새로워질 수도 있겠다는 착각이 들거든요.

나무 맞아요. 그런 착각이 들죠.

올해는 그런 착각도 없이 시작했어요.

나무 그러게요. 꽤 길게 가네요. 저희로서도 어쩔 수가 없네요. 좋은 산소로도 극복이 안 되는 것이 세상엔 참 많죠.

맞아요. 참 많네요. 나무들한테도 그런 것들이 많겠죠?

나무 저희는 우선 직접적인 이동이 안 되죠.

그건… 저희도 자신의 힘으로는 한계가 있어요.

나무 그렇겠죠. 그래도 오래 서 있는 기분은 누구보다 잘 알아요.

저도 어렴풋이 알 것도 같은데. 기다림과 비슷한 것일까요?

나무 기다림은 상태고, 기다릴 때의 기분은 나무도 나무마다 다를 거예요. 사람도 그렇지 않나요.

그렇겠네요. 무엇을 기다리는지, 왜 기다리는지, 혹은 대상도 이유도 없는데 기다리고 있다든지….

나무 맞아요. 아까 제가 저 자신을 보고 이런 꼴이라고 했잖아요. 자조적으로 말하긴 했지만, 저는 제 기다림의 모양이 좋아요. 제가 놓인 이 자리의 특성상 침엽수인 제가 정말 침엽수처럼 자랄 수밖에 없거든요.

뾰족하게요?

나무 네. 제가 가진 잎의 모양처럼 뾰족하게 저도 자라고 있는 거예요.

자란다, 잘한다. 어쩐지 발음이 같아서 기분 좋아져요. 이런 발견은 제가 아니라도 누구나 한 것이겠지만.

나무 보편적으로 다른 사람과 비슷한 생각을 한다는 게 좋을 때도 있어요. 저는 가끔 여기가 아닌 곳에서 자랐다면 조금 더 울창했을까? 다른 나무라면 어땠을까? 아까 그런 걱정을 하고도 걱정으로 끝내지 않고 그늘이 되어 줄 수 있는 나무라면 어땠을까? 그런 생각을 하면서 우울할 때도 있는데요. 다들 비슷한 생각을 할 것 같아요. 요즘에는 그렇게 생각하면서 하루를 넘겨요.

저도 비슷해요. 같은 종은 아니지만 저는 나무가 부럽기도 해요. 저처럼 생각하는 사람들이 꽤 있을 거예요.

나무 뭐가 부러운 거죠.

사람들이 가장 많이 집착하게 되는 게 쓰임에 관한 건데요. 나무는 정말 아낌없이 주는 편이고, 존재한다고 해서 해가 되는 경우도 거의 없는 것 같거든요.

나무 들어 봤어요. 아낌없이 주는 나무. 그런 표현들. 저는 여기 서 있는 것 외에는 별다른 게 없어요. 뭘 주고 있는지도 잘 모르겠고요.

이미 많은 것들을 주고 계세요. 그러니까 제가 여기까지 왔죠.

나무 앞으로도 저에게 큰 변화는 없을 거예요. 이 동네가 오히려 많이 변하면 모를까.

그래도 아까 기다림의 모양이 마음에 드신다고 하셨으니까.

나무　　네. 제가 말하고도 잊을 뻔했네요.

사람들이 쓰는 말 중에 드높이라는 단어가 있어요. 단순히 위로 뻗는 느낌이 아니라 아래에서부터 위까지의 길이가 길어지는 걸 뜻하는 말인데, 온몸으로 그걸 깨우치고 있다는 게 대단하다고 생각해요.

나무　　드높이. 기억하면서 여기 계속 있어 볼게요.

네? 저도 겨울에 또 올게요. 건강 챙기시고요.

나무　　제가 드리고 싶은 말씀이네요.

비둘기와 평화

- 비둘기

비둘기 도심에 자주 출몰하는 새들 가운데 나만큼 흔한 새가 있을까? 살면서 단 한 번도 사람들에게 자주 봐서 좋다는 말을 들은 적이 없는 것 같아. 나는 어떤 이유로 질타의 대상이 된 걸까?

얼마 전에 누가 주택가에 터진 음식물 쓰레기 봉지를 버리고 가서 눈치를 보며 그것들을 쪼아 먹고 있었지. 그때 똑똑히 느꼈어. 이게 경멸이구나.

그렇게 남긴 것들을 버리고 간 무책임한 사람들의 책임은 온데간데없고 내 뾰족한 부리만 노려보고 지나가는 사람들 사이에서 다리를 절뚝이며 허기를 달랬지.

사람들이 흉내 내는 내 울음소리를 들은 적이 있어. 구구라고 하더라. 어느 날 공원에서 저게 뭐냐고 나를 키며 묻는 아이에게 아이의 엄마는 말했어. "비둘기, 구구야. 지지." 더러우니까 가까이 가지 말라고 아이를 말렸어. 아무것도 모르고 나를 맑게 바라보던 아이의 눈빛이 일순간 바뀌었지.

나를 피해 가는 사람들도 싫지만, 굳이 달려와서 놀라게 하는 사람들도 싫어. 그들의 인식 속에 이제 나는 평화의 상징이 아니라 전쟁의 상징 같아. 나도 알아. 이 도시가 사람들 살기 좋게 만들어진 거. 그래서 내가 사라지길 바라는 거. 사람들 눈에 내가 더러워 보인다는 게 유감이야. 나만 사라지면 이곳은 정말로 깨끗한 곳이 될까? 다치고 아파서 피하지 못할 뿐인데 둔해진 내 움직임을 보고 입을 모아서 뻔뻔하다고 말해. 내 부리보다 뾰족한 말로 나를 겨냥해.

이 도시에서 악착같이 먹고사는 모습이 서로 닮았는데 사람들은 나를 싫어하지. 싫어하는 자신의 마음을 들여다볼 여유 없이 언제나 쪼기 바빠. 인간의 부리는 언제나 자신의 바닥을 두드려.

정원과 숲의 역사

▸ 정원 혹은 숲

정원 혹은 숲 안녕하세요. 저는 당신의 삶입니다. 마음의 기후에 따라 군데군데 다른 모습을 하고 있지만 저는 대체로 정원과 숲의 역사를 이어가고 있습니다.

흔히들 정원은 가꾼다고 하고, 숲은 보호한다고 하지요. 가끔 당신의 욕심으로 정원과 숲이 있어야 할 자리에 다른 것들이 세워지기도 하지만 태초의 저는 가꾸고 보호해야 할 생생한 것들로 가득합니다.

대체로 많은 이들이 자신이 세련된 사람이길 바랍니다. 당신도 그런 바람이 있겠죠? 그런데 그 궁극의 모습이 나오게 된 과정은 온데간데없어요. 자연 자체로는 버려질 것이 없는데도 사람은 불편하거나 자랑할 수 없는 것들은 버리곤 합니다.

살아가는 경험은 버릴 것이 하나도 없습니다. 저라는 삶을 가꾸고 보호하는 일은 정말로 중요합니다. 그건 자연스러움이라는 명맥을 유지하는 일이죠.

"아, 이건 정원이다! 이건 숲이다!"

생활, 꿈, 사랑, 우정 등 저를 북돋는 가치들이 가득 심어 두고 오늘부터라도 그 두 가지 기준으로만 간단히 가늠해 보면 어떨까요?

직접 심지 않았는데 어느 순간 자라고 있는 것들도 있을 겁니다. 미처 다 알지 못해서 더 신비롭고 아름다운 내일이 열릴 거예요.

그제와 어제는 오늘을 자라게 하는 퇴비가 되었어요. 운명의 가지는 어디로 뻗어갈지 모릅니다.

해가 잘 들지 않는 곳에서도 무럭무럭 자라나는 가능성이 있답니다. 잊지 말아요.

물이 부족한 사주

- 만물박사
- 물

여러분은 갈증을 얼마나 견딜 수 있나요. 저는 얕은 갈증도 잘 견디지 못하는 사람입니다. 어떤 일을 두고 물먹었다는 표현을 쓸 때가 있어요. 그때 그 표현은 어떤 기회를 잡지 못하고 떨어지거나 미끄러진 상황을 이야기해요. 비가 오는 날, 기록적인 폭우가 계속되는 날. 급속도로 불어나는 물을 보면 참 무섭습니다. 계속되는 갈증 못지않게 범람하는 물의 에너지도 인간이 감당할 수 없는 일 중 하나입니다. 그래도 우리 몸의 전반이 물로 이루어졌다는 사실을 생각하면 인간은 곧 물의 에너지로 존재하는 게 아닐까 싶어요. 이런 존재인데 얼마 전에 들었던 사주풀이는 좀 놀라웠어요.

들으셨어요?

물　　뭘?

제 사주오행에 물의 기운이 부족하대요.

물　　물어본 적 없는데? 너도 요즘 지구 닮아 큰일이다. 내가 주는 기운이 얼마나 좋은데.

그래서 걱정이에요. 제 조급증의 원인을 확실히 안 것 같기도 하고.

물　　사주를 믿어?

믿고 안 믿고의 문제 아니에요. 그냥 역술가가 한 말이 마음에 들었어요. 물의 기운이 부족하지만 팔자대로 가겠구나 낙심하지 않고 개운하면 된대요.

물　　개운?

스스로 운을 트이게 하는 거죠.

물　　그래. 거 봐. 내가 뭐랬어. 나 하루에 2리터씩 마시면 좋다니까.

아 그것도 좋죠. 그냥 이렇게 보고만 있어도 좋고.

물　　너 나 사랑하냐.

좀 그런 것 같기도 해요. 근데 불어나면 무서워. 깊어도 무섭고.

물 왜 이렇게 겁이 많아.

솔직히 반대로 생각해 보세요. 안 무서운가.

물 안 무서운데. 근데 왜 내 기운을 얻고 싶은 건데. 생각해 보니 겁만 많은 게 아니라 욕심도 많네. 참나.

인간은 원래 욕심이 있어야 돼요.

물 뭔 헛소리야. 인간은 대체로 물. 내가 채웠지.

에?

물 모른 척 하기 있냐.

아뇨. 생각해 보니 인간의 몸은 70퍼센트다. 그 말 생각나요. 근데 나 이거 어디서 배웠지.

물 그래. 어디서 들었든 나의 중요성을 간과해선 안 돼.

맞아요. 정말 소중합니다.

물 근데 그렇게 소중한 나를 팡팡 쓰니 그게 문제다. 아무리 내가 순환한다지만 나도 이제 한계라고.

그게 다 인간들 때문이죠.

물 아니 다행이다.

아는 사람은 많은데….

물 그래 근데 조심하는 사람은 또 적더라. 인간들이 그래요. 도대체 제대로 한 것은 하나도 없는데. 다 지들을 위해 망쳐 놓고는 발전이래.

왜 제가 찔리죠.

물 너도 찔려야 하는 게 맞다.

네….

물 나는 어떨 것 같냐? 무언가에 찔리면 아플 것 같냐?

글쎄요. 실제로요? 안 아플 것 같은… 아니다 아픈가?

물 네가 생각하기에 아프다는 게 뭔데? 인간들 그런 말 잘 쓰더라. 지구가 아프다. 그런 거. 내가 통각은 없지만 통감은 해.

그 라임 제발 넣어 두세요. 어… 아프다는 건 회복이 필요하다는 거 아닐까요? 나아지길 바라는 거.

물 그래서 난 누굴 위해 나아져야 하는 건데?

그건….

물 결국 또 인간이냐?

아니. 지구에 인간만 사는 건 아니잖아요. 아시잖아요.

물 그렇지. 그런데 너희가 양보를 했냐?

아니. 그것도 아니죠.

물 그러니까. 넌 누굴 위해 뭐 양보한 적 있어?

있죠.

물 언제.

아 그게 첫째니까 양보해라. 어릴 때부터. 종종.

물 종종? 첫째도 양보. 둘째도 양보. 셋째도 양보. 내가 보기엔 몇 번이 됐든 모두가 양보해야 돼. 물은 더 나아질 게 없어. 인간들이 잘해야 돼.

맞아요. 저희가 잘해야죠.

물 내가 제일 허무할 때가 언제인지 아니?

허무할 때요? 글쎄요. 요즘은 너무 많을 것 같아요.

물 맑고 깨끗해져야 한다는 강박을 느낄 때. 그게 정말 나를 위한 일인지 잘 모르겠달까.

음 그래야 모두가 살아나니까.

물 알지. 근데 내가 정말 마음을 다해 정화하고 싶을 땐 따로 있어.

어떤 때요?

물 시간 같은 관념에 비유될 때. 멈춘 것 같아도 어디론가 나는 반드시 흘러가거나 스며들고 있다는 걸 느낄 때. 그런 믿음이 있을 때 맑고 깨끗해지는 것 같아. 그럴 때면 늘 그러고 싶고.

저도 비슷한 걸 느껴요.

물 제발 그러지 말아줘.

너무해요.

물 장난이야. 장난에도 진지해지는 걸 보면 인간은 정말

자기 생각으로 가득한 것 같아.

진지한데 장난으로 받아들이는 것도 그래요.

물 나도 가끔은 내 생각 좀 하자. 언제까지 너희들 좋은 일만 할 수 없잖아.

우리를 이루고 있다면 그 정도 배포는 가지셔야죠.

물 진심이냐. 장난이냐.

반반이요. 아무튼 저도 비슷한 걸 느껴요.

물 어떻게 비슷한데.

잠시 멈춘 순간에도 어디론가 흘러가거나 스며들고 있다고 느낄 때가 있어요. 물론 영영 고여 있는 건지, 혹은 속절없이 흘러만 가는 건지 불안할 때도 있지만 스스로 믿음을 가지면 맑고 깨끗해지는 기분이랄까?

물 너도 그럼 물의 기운이 있는 거네. 비록 충분하다 느끼지 못해도. 그건 너의 욕심 때문이고. 이미 충분한 걸 수도 있어.

그런 걸까요?

물 그래. 그런 것이다. 내가 그렇다면 그런 거야.

맞아요. 의심치 않아요. 갈증이 뭔지 알고 그걸 해결할 방법도. 무엇이 중요한 건지도.

물 그래. 그러니까 찰랑이고 넘실대고 첨벙이고 잔잔한

마음으로 그때그때 살아가. 물이 느끼는 통증은 주변이 알아. 당장은 티가 안 나도 반드시 티가 난단다. 너도 마찬가지야. 나와 다를 게 없어. 뜻대로 안 풀리더라도 일단은 살아 보자.

거품은 물을 좋아해

▸ 거품

거품　안녕하세요. 저는 거품입니다.

제가 일어나야 세상이 깨끗해진다고 믿는 사람들이 많아서 좋습니다. 어느 틈에 무성해지는 제가 좋습니다.

제가 사라진 자리가 빛나서 좋습니다.

누군가는 이렇게 물어볼 수도 있겠죠.

"더러움을 끌어안는 게 끔찍하지 않아?"

"결국 사라질 텐데 슬프지 않아?"

그럼 전 이렇게 말할 거예요.

"처음과 끝을 함께하는 친구가 있어 슬프지 않아."

제 친구는 물이에요. 물 없이 저는 일어날 수도 없고 잠잠해질 수도 없어요. 제가 사는 세계에선 시간이 물이에요.

물은 시간처럼 흘러가요. 시간이 멈춘 것처럼 고이고 또 어디론가 스미기도 해요. 저도 닮은 거 있대요. 순간적으로 관심이 확 쏠리는 현상 있죠? 인기요. 인기도 그냥 인기가 아니라 금방 꺼지는 인기에 비유되더라고요. 또 이런 말하면 누군가 묻겠죠?

"기분 나쁘지 않아?"

글쎄요. 어떤 일이 있어도 꺼지지 않는 거품이 되면 어떨까 생각해 본 적 있거든요? 그럼 스스로 물렸을 것 같아요. 외로웠을 것 같아요. 외로움에 질려 버리는 건 싫거든요.

무엇보다 물에 녹아들 수 없다면 슬플 것 같아요. 그 친구가 무한해지면 저도 따라서 무한한 세계를 누비는 느낌이 들 거든요. 누군가에게 동화되면 내가 영영 없어지는 거 아닐까 두려워할 수도 있어요. 근데 그건 스스로에 대한 믿음이 부족한 게 아닐까요? 아니면 믿음을 떠나서 좋지 않은 모습으로 동화되는 내가 싫은 걸 수도 있어요. 서로 녹아들 수 있어야 해요. 좋아하는 마음이 있어야 가능한 일이지요.

사실 물의 입장에서는 제가 별로 좋지 않은 친구일 수 있어요. 물은 친구가 많은데 제가 녹아든 상태로는 몇몇 친구가 위험에 빠지니까 물의 입장에서도 곤란한 일일 거예요. 그래도 물은 어떻게든 저와 동화되려고 해요. 조금 더 많은 자신을 이끌어 냄으로써 모두 같이 살 생각을 하며 끊임없이 움직이죠.

스스로 정화하는 노력을 거치며 많은 것들을 받아들이는 물을 보면서 배우는 게 정말 많아요. 언젠가 물이 저에게 해준 말이 있는데 그게 많이 힘이 됐어요.

"나 스스로 널 일으킬 방법을 찾았으니까 걱정 마."

물은 바다로 가서 파도치는 일을 하겠다고 했어요. 물이 반복해서 밀려올 때마다 제가 일어났어요. 그때 얼마나 뭉클했는지 모르겠어요.

사람들은 제가 태어날 수 있는 곳이 비누나 맥주 정도라고 생각할 거예요. 비누도 좋고 맥주도 좋아요. 어디에서 태어나든 저는 좋아요. 근데 그것보다 좋은 일이 생겼어요. 물과 함께 바다까지 나아갈 수 있다는 생각에 행복해요.

제가 꾸준히 인기가 있으려면 계속해서 나타났다 사라

져야 해요. 저는 그게 꾸준한 거라고 생각해요. 아등바등 노심초사 언제 사라질까 두려워하면서 지낼 수 없어요. 물과 함께라면 일어나는 일도 가능해요. 사라져도 사라지는 게 아니에요.

계절의 질문

봄

제가 오면 설레나요. 꽃이 펴서 그런가요. 만발하는 꽃을 보면 어떤 생각이 드나요. 지는 모양은 어떤가요. 무엇이 꽃을 더 빨리 지게 만드는 것 같나요. 저와 함께 오는 바람은 어떤가요. 혹시 제가 가길 바라나요. 황사 때문인가요. 마냥 설레지만 않고 우울한 감정이 들기도 하나요. 나는 그렇지 않은데 남들은 행복해 보이나요. 모든 꽃이 저와 함께 피는 것은 아닌데도 그런가요?

여름 제가 오면 설레나요. 물놀이를 좋아해서 그런가요. 짙어지는 초록을 보면 어떤 생각이 드나요. 내리쬐는 햇볕의 강도는 어떤가요. 나무 그늘 아래 있는 기분은 어떤가요. 그 나무에 매달려 있는 매미의 울음소리는 어떤가요. 혹시 제가 가길 바라나요. 무더위와 장마 때문인가요. 도무지 끝나지 않을 것만 같은 기분에 지쳐 가나요. 모든 비가 비로만 남지 않고 비와 빛이 만나 무지개가 뜰 수도 있는데도 그런가요?

가을 제가 오면 설레나요. 단풍이 아름다워서 그런가요. 바스락거리는 낙엽을 보면 어떤 생각이 드나요. 은행나무 열매 냄새는 어떤가요. 밟지 않으려고 총총 걷다가 웃음이 터진 적은 없나요. 혹시 제가 가길 바라나요. 문득 허무하거나 쓸쓸한 감정에 휩싸이기 때문인가요. 외로움과 고독에 좀처럼 익숙해지지 않나요. 어둠 속 홀로 가득 차오른 보름달이 많은 이들의 소원을 들어줄 것처럼 떠 있는데도 그런가요?

겨울 제가 오면 설레나요. 새하얀 눈이 내려서 그런가요. 그 위에 찍힌 깨끗한 발자국을 보면 어떤 생각이 드나요.

손이 좀 시려도 꼭 만들고 싶은 눈사람이 있나요. 즐거운 눈싸움에 승부가 중요한가요. 혹시 제가 가길 바라나요. 날이 춥고 길이 미끄럽기 때문인가요. 산타의 존재를 언제까지 믿었나요. 세상에 믿을 수 있는 게 많지 않다는 생각이 드나요. 스스로 선물하면 선물이 아닌가요. 정말로 그런가요?

에필로그 ___

한동안 "모르겠다"라는 말을 입에 달고 지냈습니다. 이 책에 담길 사물의 본심을 그러모으는 동안 세상은 조금 더 알아볼 만하다고 생각했어요. 여전히 모르겠다 싶은 것들은 아름다울 수 있다는 여지를 두기로 했고요.

세상에 있는 모든 존재와 호흡하기에 인간의 일생은 너무 짧다는 기분도 들었는데요. 그래도 마음의 그릇을 넓히는 '시선'이라는 힘을 응축시킨 뜻깊은 시간이었어요. 내로라하는 논문만큼 유익한 연구 결과를 내놓은 것은 아니지만, 인생에 다채로운 대화만큼 흥미로운 연구 주제도 없기에 이만하면 충분한 기록이었다고 여기려고요.

저는 날이 갈수록 담담한 사람들이 좋아져요. 그래서 그런지 담담한 가운데 위트 있게 대화할 수 있는 삶의 여유가 주어질 때, 살아 있길 잘했다는 기분이 들어요. 크고 작은

부침이 계속되는 삶이지만, 사는 동안 겪어 낸 것들 덕분에 새로 존재하는 기분이 들기도 해요.
혹시 이 책을 다 읽고 나서 가장 먼저 눈에 들어온 사물이 있나요? 저는 이 책을 다 쓰고 책과도 대화를 나눠 볼 걸 하는 생각이 들었어요. 만약에 책과 대화를 나눴다면 이 책은 자신의 본심을 어떻게 밝혔을까요.
어떤 책이든 읽어 주는 사람이 있다면 활짝 펼쳐지지요. 세상 모든 사물과 사람도 그렇게 펼쳐지는 순간이 있고, 적어도 그 순간부터는 마음속에 꼭 살아남는 이야기가 있다고 믿어요. 이 책에 다 담아내지 못한 사물의 본심을 어디선가 밝혀 주실 분들을 위해 질문 하나를 건네요.
"사람 아닌 사물로 지낼 수 있다면, 어떤 모습과 어떤 방식으로 이 세상에 머물고 싶으신가요?"

시끄러운 건 인간들뿐

1판 1쇄 인쇄 2024년 6월 13일
1판 1쇄 발행 2024년 6월 25일

글 김민지
그림 최진영

발행인 양원석 **편집장** 김건희 **책임편집** 서수빈
디자인 신자용, 김미선 **영업마케팅** 조아라, 이지원, 한혜원, 정다은, 유민경

펴낸 곳 ㈜알에이치코리아
주소 서울시 금천구 가산디지털2로 53, 20층(가산동, 한라시그마밸리)
편집문의 02-6443-8903 **도서문의** 02-6443-8800
홈페이지 http://rhk.co.kr
등록 2004년 1월 15일 제2-3726호

ISBN 978-89-255-7489-9 (03810)